燕妮的心事

孟瑶 著

中国友谊出版公司

图书在版编目（CIP）数据

燕妮的心事 / 孟瑶著. -- 北京 ：中国友谊出版公司，2018.5

ISBN 978-7-5057-4379-3

Ⅰ. ①燕… Ⅱ. ①孟… Ⅲ. ①长篇小说－中国－当代 Ⅳ. ①I247.5

中国版本图书馆CIP数据核字(2018)第081750号

书名 燕妮的心事

著者 孟 瑶

出版 中国友谊出版公司

发行 中国友谊出版公司

经销 新华书店

印刷 北京中科印刷有限公司

规格 889×1194毫米 32开

7.75印张 110千字

版次 2018年7月第1版

印次 2018年7月第1次印刷

书号 ISBN 978-7-5057-4379-3

定价 39.80元

地址 北京市朝阳区西坝河南里17号楼

邮编 100028

电话 （010）64668676

1

飞机落地了。

坐在头等舱的燕妮掀开身上的毛毯，起身竖起座椅，拿出行李，准备下飞机。邻座的乘客在燕妮的座位上看到一张身份证和机票，捡起来。

“杨燕妮。”

燕妮回头看，才发现自己的身份证和机票落下了，“是我的，谢谢啊。”

“可是这上面写的性别：男。”邻座说。

“我是……需要证据吗？”燕妮用调戏的语气说。

邻座二十多岁，皮肤暗黑，个不高，至少有二百斤重，但是打扮得特别努力，从头到脚不放弃任何一个角落，似乎在骄傲地告诉大家我是女人。

“不要。”邻座惊慌地将身份证和机票递给燕妮。

燕妮接过转身走了，留下邻座独自收拾她那颗易碎的公主心。

身份证写错了，燕妮性别是女。燕妮这次出差到厦门，不小心丢了钱包，身份证也在钱包里一起丢了，公司在当地的联络人连忙帮忙补办。办完燕妮也没看，就塞进钱包里了，直到在机场排队等候换登机牌的时候，才无意中发现。但是她不想为纠正这个错误改签，万一错过了今天的飞机就麻烦了，今天必须赶回去，家里有非常重要的事儿等着她。

燕妮三十三岁，短发，素颜，高挑，平胸，今天穿的是运动服和小白鞋。她前后看了看排队的人，看到有个描眉画眼戴耳钉的乘客站在队尾，燕妮不能确定 Ta 是男是女，但这正是她想找的人。燕妮拎着行李走出队伍，假装转了一圈，重新排在了队尾。机场工作人员在耳钉乘客身上犹豫了三十秒才放行，到了燕妮这儿，就放松了警惕，大约用了五秒。

因为身份证的错误，燕妮头一回意识到，自己在别人眼里居然离性别男不远，如果性别不是专指性征，还包括心理上的，那身份证就没错。燕妮一直觉得自己是个住在女人身体里的男人。

燕妮在一家美国顶级男装品牌的中国公司做销售总监，公司要在厦门开设专卖店，她这次是去做前期考察的。上飞机前，燕妮把所有的资料都发回了公司，要销售部的手下把资料汇总，做出个方案来。下了飞机燕妮收到了方案，很不满意，已经下午五点了，她本来决定直接回家，但还是拐弯回了公司。今天的事儿绝不能留到明天。

燕妮搭乘的出租车下了东三环，拐进智能桥附近写字楼密集区域，最终停在了一座造型极简的写字楼下。写字楼有四十层高，外立面由深灰色大理石铺就，时尚气派。燕妮的公司租了第二十八层一整层，大约三千平方米，其中作为公司利润中心的销售部的办公室面积最大，也是除了老总办公室外，位置最好的，朝南，视野开阔，阳光充沛。大办公区一边是一个长条形状的能同时坐下二十多人的会议桌，一边是员工的卡位，燕妮自己的办公空间在大办公区的一角，相对独立。

能在这样地段这样高端的写字楼里上班，是很多白领的梦想，也是燕妮的。三年前燕妮来应聘的时候就爱上了这里，挑高十米的大厅，一刻不停运转的电梯，穿着精致讲究的白领，处处与燕妮内心的节奏和趣味暗合，她渴望在最高版本的程序中，格式化自己，融入这个新世界，按部就班地寻求生存和发展。

因为英语成绩拖后腿，燕妮只考上一个三类大学的经济管理专业，上大学的时候，燕妮就开始在各个商场做导购，毕业后先是做了三年售楼小姐，后来房子不好卖了，燕妮就跳槽到一家高尔夫俱乐部销售会员卡，因为不接受潜规则，又辞职进了现在这家公司。到这家男装公司应聘，一个很大的原因是燕妮喜欢这个牌子，很贵，一套西服要上万，虽然她之前只咬牙买过一套西服，但却是她的最爱。

市场上称得上顶级的男装品牌并不少，品牌间差异化也不大，而且还经常被仿冒，销售的难度可想而知。燕妮自认不是什么销售奇才，也不认为还有什么高别人一等的销售策略等待她去发现，她只相信努力，相信只要比别人投入更多的时间和精力，把工作做细致，就能获得成功。如今，已经混到金领的燕妮不仅在这座大厦里站住了脚，还拥有了自己的独立办公空间，但是只有她自己知道，这一切来得有多辛苦。

燕妮拎着行李刚进了公司，手机就“嘀嘀”响了起来，是微信，来自老公。

“快到家了吗？”燕妮的老公小康问。

“没，有事儿刚回到公司，我心里有数。”燕妮回复说。

公司一共一百〇八人，燕妮负责的销售部部算她有三十九人，其中分散在各地专卖店的销售代表十六人，总部二十三人。公司其他部门已经下班走人了，只有燕妮销售部的人还在。别的部门是偶尔加班，销售部是偶尔不加班。“不吃饭不睡觉，打起精神赚钞票”，这是办公室墙上张贴的口号。

会开到了晚上九点，大的问题都已经得到解决，外卖宵夜送到了，燕妮让大家边吃边继续细化，有问题随时跟她沟通，自己先走了。

燕妮走出公司，走向电梯间，年轻的助理马鹿跟了出来。

“杨总，我想请一天的假，家里……有点事儿……”

“一天不够，至少得三天。”

马鹿一愣。

“小产不能大意，虽然你年轻。”燕妮不喜欢绕圈子，她偶然听见马鹿打电话跟人讨论自己去哪儿做流产手术比较好，就直接指了出来。

“哦！谢谢杨总……我知道了。”马鹿忽闪着大长睫毛，有些窘迫。

“一定要做吗？我不是跟你们说过吗，趁着年轻，遇到好的基因能生先生了。恋爱结婚回头再说。不一定非得按顺序来。”

“我知道，可是……”

“好吧，我只是建议。无论如何注意身体。”

“嗯！”

细胳膊细腿的马鹿是个灵秀轻盈的江南女孩，轻盈到走路没声，轻盈到从来没有过自己的主意，但是心细嘴严，是个好的助理。年轻的时候为总是轻易怀孕烦恼，岁数大了又要为怎么也怀不上孕烦恼。做女人真是太麻烦。

2

燕妮在回家的路上给小康发微信，告诉他自己很快到了。

燕妮和小康是在一次聚会上认识的。大学同学小希说好久不见，约着燕妮一起去夜店，她就答应了。小希性格外向，性感美艳，毕业后去了一家广告公司做外联，永远涂着长长的红指甲，属于不泡夜店不舒服族群。虽然跟燕妮性格爱好完全不同，但却是燕妮唯一的同性好友。

燕妮和小希上大学时住一个宿舍，同住一个宿舍的还有同班的其他六个女生。燕妮很早就对逛街泡吧扯八卦这些女生热爱的集体活动没兴趣，因此显得很不合群。小希则是因为长得太好看追求者太多了，被大家嫉妒并排斥。两个被孤立的女生自然就走得近了些。而真正让俩人成为好朋友的是大二那年的一次宿舍欺凌事件。

那天大概晚上十点多，燕妮上完晚自习，在楼下遇上刚从外面回来的小希，俩人一起回了宿舍。小希上了床，盖上被子要睡觉，忽然大叫着跳下床。

“啊！救命！”

燕妮刚要喝水，吓得杯子差点儿脱手。燕妮去看小希，白色的睡衣上沾了些红乎乎的什么东西，再去看她的被子，上面竟然被泼满了鲜血一样的红色液体，闻了下，没有腥味，应该是墨水，还湿漉漉的。

“血！谁的血？！”小希吓得浑身发抖，哭了起来。

“不是血，是墨水。”燕妮说，“你们几个人，谁干的？”

其他六个女生各自躺在自己的床上看手机，跟没听见一样。

“你们帮我看看这鞋好看不？”一个女生说着发 QQ 空间，其他几个人的手机同时响起。

“我哪儿得罪你们了，你们要这样对我？！”小希知道不是血，也镇静下来。

“我再问一遍，谁干的？！”燕妮提高了音量。

“好看好看。”

“有点儿跟会更好看吧？”

“婊子才穿高跟鞋呢。”

其他六个女生聊着，没人理会燕妮和小希，就好像她们两个不存在一样。燕妮终于忍无可忍了，抄起刚倒的半杯热水，走到下铺一个女生床边，抓住她的衣服领子。

“刚打回来的，很烫，别动，小心破相。说，谁干的！”燕妮恶狠狠地逼问着。

“不是我。”女生不敢动，看到一向平和的燕妮翻了脸，很惊恐。

宿舍里突然死一样的安静。女生指指上铺。燕妮松开她，站起身，抬手把杯子里的水泼向上铺。

“啊！你疯了！”上铺女生叫着坐起来。

燕妮二话不说，爬上上铺。小希也抄起扫帚，爬上上铺，俩人按住那女生一顿狂揍。其他五个女生吓得一动都不敢动。

之前脾气秉性各不相同又互不了解的几个人突然被要求在一个狭小的空间里一起住四年，怎么听怎么像是在做一场残酷的人性实验，有问题是早晚的事儿。以暴制暴虽然解气，但燕妮和小希担心会被下毒，第二天就搬出了宿舍。俩人先是在便宜的小旅店住了两天，然后找了间房子一起租下来。

“谢谢你。”小希跟燕妮说。

“不谢。我不光是为你，也为我自己。”

燕妮并不是单纯的见义勇为。燕妮住在下铺，她每次离开宿舍，收拾好床铺拉好床帘，回来都会发现床帘被拉开，床铺一团糟，床头的书不翼而飞，床单上有鞋印，枕头下有用过的卫生纸。诸如此类糟心的小事儿经常发生，她也经常提醒那几个人，软的硬的什么态度都用过了，但一点用都没有。这次算是燕妮借题发挥，秋后算账。

“你太帅了，我可从来没想过要动手。这是我第一次打架。”小希事后每次想起那晚都会兴奋得心跳加速。

这不是燕妮第一次打架。她第一次打架还是在小学。自习课上，燕妮忘了为什么了，跟同桌的男生就动起了手。男生比燕妮高一头，比较瘦弱，意志不如燕妮坚定。据旁观的同学说，燕妮打架打得相当认真，一副视死如归的劲头。等同学们拉开两人时，男生的鼻子流血了。燕妮虽然也挨了几巴掌，很疼，但是她咬牙忍着，面上完全看不出，这架她就算赢了。中午放学回家，燕妮什么也没跟妈妈说，偷偷把剪刀揣书包里带到了学校。具体怎么用，她根本没想过，就是想带着。女生不学会自己保护自己，难道还要等天使来吗？如果真有天使，爸爸妈妈就不会离婚了。童话不仅是骗人的，还会衬托得现实更加不堪。

“我也不想，都是同学。但是她们太过分了。”

“太过分了，她们不就是想把我们赶出宿舍吗？我们到底哪儿得罪她们了！”

小希这不是疑问句，她很清楚答案，她自己是因为长相，燕妮是因为成绩。被众人孤立证明了俩人的出众，出众了还想被众人愉快地接受，对众人的要求未免太高。俩人失落又骄傲。

“想想有点儿后怕，当时要是她们六个人联合起来，咱们俩个绝对不是对手。肯定被打惨了。”

“她们不敢。你志在必胜，视死如归了，她们就会被你的气势吓倒。这是制胜的关键。我上小学就学会了。不过，就算她们一起上，只要还给我留一口气，我肯定会咬牙站起来，把她们都给杀了，一个也不剩。”燕妮说，她只能自己做自己的天使。

3

那天去的夜店“甜蜜爱人”非常有名，据说分店就有好几家，燕妮去的是工体那家。雪从下午开始下，到了晚上九点还没停的迹象，出租车专车都叫不到，燕妮只好地铁倒公交，下了公车，走了几步一拐弯，就看见了一百多米外夜店的霓虹灯。雪下了一天，城市比平常更早地进入了休眠状态，天苍苍野茫茫的夜晚，blingbling 的夜店显得格外鬼魅。燕妮甚至会担心进去就出不来了。

如果太贵，就喝个可乐，燕妮想着。见了小希才知道，小希是带燕妮去蹭一个白富美的生日聚会。白富美有的是钱，把场地整个租了下来，酒水随便喝。小希是被自己的同事带去的，她也不认识那个白富美，不过反正无所谓，据说去的人很多都不认识那个白富美，大家都是去帮忙凑人气的。

那天的气温在零下二度左右，外面飘着鹅毛大雪，夜店里却在过夏天。燕妮把大衣脱下来存到夜店的寄存处，穿着高领羊绒毛衣，热得直出汗。小希很有经验，羽绒服里面穿的是黑色的短袖 T 恤，特别适合这里的气氛和温度。

“你想得真周到。”燕妮说。

“你毛衣里面穿的啥？”小希说。

“秋衣。”

“拜托！你不会还穿秋裤了吧？”

“为什么不会？这么冷。要不是怕显胖，我都想穿棉裤。我可不想生病，明天还得见客户呢。”

“可怜的孩子。昨天不是跟你说了吗，来夜店。”

“我不知道会是这么热。”

“夜店都这样。你以为是来跳广场舞啊，姑奶奶！”

燕妮去过酒吧、咖啡厅、歌厅，但都是为了见客户谈工作，夜店还真就没来过。燕妮太务实，不舍得浪费时间在这种在她看来纯属消耗的娱乐上。

存好了衣服，小希一边从随身斜挎的迷你包里掏出口红涂抹着，一边拉着燕妮走向大门，一个胳膊上文有文身的大块头拉开一扇看起来又厚又沉的大门，噪音般的音乐扑面而来，小希将燕妮拽进一个群魔乱舞的世界。

“走，跳舞去！”小希的情绪瞬间饱满高涨，跟着音乐节奏摇头摆尾着。

“你去吧，我去喝点儿冰水，去去暑。”燕妮不觉得享受，只觉得受罪。

“我一会儿找你。” 小希说着跟条小鱼似的，欢脱地跳进舞池。

燕妮围着舞池溜边转了一圈，找到了最里面的吧台，这里相对安静些，温度好像也低些。燕妮拿起一杯水，加了很多冰块喝起来。

燕妮一边喝水，一边打量着那些穿着吊带衫超短裙走来走去的女孩子。燕妮的穿着跟大家明显不在一个次元，她头回因为踩着季节的节奏穿衣服而感到自卑和尴尬，也分不清到底谁是一次元谁是二次元了。

不远处，一束光下站着个男人，也穿着厚厚的高领毛衣，从侧面看，鼻子挺拔，睫毛修长，刘海压眉，好像漫画中走出来的人物。世间怎么还有如此美貌的男子，还如此的羞涩孤独，最重要的是，他竟然跟自己是一个次元的。他就是小康。小康感觉到有人在看他，扭过脸来看向燕妮。正面比侧面还迷人，燕妮的心都快停止跳动了。事后回想起来，燕妮说，当时整个夜店的人和音乐都在一瞬间消失了，只剩下了他们俩。就在这个美妙的时刻，小康突然打起了喷嚏，然后又一个，然后又一个，直到燕妮将餐巾纸递给他。

感谢喷嚏，在两个陌生人之间建立起了沟通的桥梁。后来俩人反复回忆品味这个时刻，小康说，他既没有感冒也没有鼻炎，也没有被特殊的气味刺激到，他不习惯人多的场合，一直很紧张很警惕，生怕做出什么过分的举动，结果看到燕妮的第一眼，喷嚏就那么突然而止了。喷嚏没有了依据，就只能用缘分来解释，燕妮喜欢这样看世界。

为了感谢燕妮的英雄救美，小康提出请燕妮喝杯饮料，他忘了今天酒水免费，燕妮也没提醒他。俩人在吧台坐下，开始聊天。小康在燕妮非常向往但是分数不够没考上的一类大学当老师，今天的主角是他的学生，他不好不来。

“你教什么？”

“英语。”

“英语！”燕妮情不自禁地惊呼。

“怎么？”小康不太理解燕妮的语气。

“我上学的时候英语成绩最差了，阅读理解还可以连蒙带猜，最怕的是听力。我调动起身体的每一个细胞，恨不得拿脚踹了都，但就是听不懂耳机里在说什么。要不是英文成绩拖后腿，我也考进你们学校了。哦，还是不够。”

“哈哈，怎么会？是老师教得不好吧？”小康调皮地说。

燕妮说的是真的，当年那种沮丧感实在是太刻骨铭心了。如果换了小康这么帅的老师，自己的英文成绩可能不会这么糟，当然也可能因为分心会更糟。不过这话燕妮当时没好意思说。小康后来告诉燕妮，他当时很想说，不如让我来教你吧，但是也没好意思说。

“我还会德语、法语、日语、俄语、西班牙语。”小康补充说明。

“天哪，怎么可以！你的脑子怎么可以兼容这么多版本，不累吗？！”

“不累。我是觉得好玩儿才学的。”

“你太厉害了！”燕妮崇拜地看着小康。

“也没有。”小康被燕妮看得不好意思起来。

“我特羡慕那种能把外语说的跟母语一样好的人。我现在学还来得及吗？”

“当然。什么时候开始学都不晚。”

“我是说，学成你那样，会六门外语。”

“那比较难。”

“哈哈哈哈，你太实诚了！”

燕妮没料到小康如此回答，小康的实诚把燕妮逗得不行。听力课留下的心理创伤让燕妮在面对小康时，没了心理优势，偷偷地想着娶了他。娶了他，是燕妮能想到的迅速掌握多国外语并跟一类院校建立密切联系的最懒惰的方法。小康后来告诉燕妮，他当时想的是，嫁给我，你就全部掌握，不用自己学了。

是人越来越多吗，为什么觉得越来越热？燕妮和小康聊着天，汗珠在俩人的额头、前心和后背悄悄地流淌，俩人都觉得很不舒服，但是又都不舍得结束。

小希玩疯了，将领舞台上领舞的女孩拽下来，自己爬了上去，狂跳起来，还当众脱下短袖T恤甩出去，只穿一件猩红色的吊带衫，全场的气氛被带向高潮。

那一晚，小希的QQ加了四十八个男性好友，看着收获颇丰，实则一团乱麻，小希从茧里一条丝也抽不出来，还差点把自己给缚住。燕妮只加了小康一个，并按照自己的节奏稳步向前推进，一垒二垒三垒全垒打，一年后求婚，两年后结婚。结婚那年，燕妮二十八，小康三十。如今，在一起已经八年了。

只是过起日子来燕妮才发现，这个男人一点都不实用，工资不高，生活能力和经济头脑也不高，只能负责精神文明建设。看着小康强大的语言能力不能变现，燕妮曾劝他换个工作，但是小康不愿意。在大学当老师工作轻松，只要不想当官，就不需要为人际关系头疼，做人可以相对单纯些，而且每年还有漫长的寒暑假可以挥霍，更重要的是，作为一个业余围棋七段选手，他下棋需要花很多时间。大学果然是象牙塔，小康已经不能适应现实社会了，强行适应也不会有好结果。

小康不能适应，燕妮能，这是她的长项。

4

燕妮的房子是她做售楼小姐的时候，用员工内部折扣价买的，至今还在还贷款。小区坐落在北五环很外，各种配套设施都还不成熟的区域，塔楼，东南朝向，两室一厅。燕妮回到家，已经快十点了。

家里灯亮着，燕妮喊了声“我回来了”，没人回应。燕妮并不急，小康一定在家。燕妮换了鞋，进了房间，挨屋寻找，看见客卧卫生间的门开着，就走过去。小康正坐在马桶上，表情痛苦。

“咋了？”

“快关门！臭！”

燕妮还想再问什么，手机响，加班的员工将调整出的方案发到了燕妮的手机上。燕妮关上卫生间门，快速地看完方案，拿了换洗的衣服进了主卧的卫生间，一边淋浴一边思考。

燕妮在工作上是个完美主义者，认为百尺竿头不是头，永远还可以更进一步。

洗完澡，头发吹得七八成干，燕妮走出卫生间，小康已经上了床，背对着燕妮昏昏欲睡。燕妮也上了床，在微信里把自己对方案的具体修改意见发了出去。

“来吧。”燕妮向小康发出了邀请。

“我没劲儿。”小康说。

“咋了？”

“拉一晚上肚子了。应该是吃生蚝吃的。”

燕妮伸手去摸小康的脑门，有些烫手。燕妮从床头柜抽屉里找到电子体温计，递给小康。

“几只生蚝就能把你打倒，就这身体，还想要孩子？”

“什么几只啊，你走了一个星期，我天天都在吃好吗？”小康赌气地说。

“天天吃？谁让你天天吃了！那玩意寒，谁天天吃也受不了的！”

“我不是想更好地完成任务嘛。”小康很委屈。

吃生蚝生精这事儿确实是燕妮告诉小康的，她也是听一个有孩子的姐妹说的。少叮嘱了一句就出事儿，燕妮有点儿搓火。

“先看烧不烧吧。不发烧就克服一下。”

小康不吭声了，把体温计塞进嘴里。

燕妮想起来自己在机场给小康买了补品，还在行李里，就下了床去拿。

可是，行李呢？客厅里没有。燕妮头“嗡”的一下，糟糕，行李一定是落在出租车后备厢了，更糟糕的是，车是随手拦的，没要发票，到哪儿去找出租车呢？行李里没有文件电脑之类的重要东西，但是有燕妮的行头，两身自家品牌的西装套装，五件自家品牌的衬衫，两件连衣裙，还有鞋子。这些都是燕妮出门谈判的战袍，加起来有五万块钱了，难道就这么丢了吗？燕妮的心在滴血。

燕妮气鼓鼓地上了床，不甘心地坐在床头想着办法。

体温计“嘀嘀”响了，小康拿出来看看。

“38.5 度。今晚不行了。”小康松了口气。

“你怎么能在关键时刻断链子呢？！”燕妮的火终于憋不住了。

“赖我啊。谁让你下了飞机不直接回家，要是直接回家，那会儿我链子还挂着呢。”小康有气无力地反驳着。

“别忘了，我应该去十天的，我是专门提前飞回来的！你就给我来这个！”是的，这就是燕妮今天必须回家的原因，就是那个非常重要的事情。

“是你说今天晚上的，又不是我说的。”

“是我说的吗，是我问了大夫，大夫说的！为了找到每月的排卵时间点，不管几点睡，我都要定点早起量体温，好不容易测出这个时间点，我容易吗？！”

“要不是听你的，我也不会吃生蚝吃到拉肚子，拉到发烧。我容易吗？”

“发个烧你就抱怨了？六个月了，失眠也不敢吃药，就算天亮才睡，也七点起床去上班，经常一忙就到天黑，还不敢喝咖啡！你知道我每天有多累吗！”

“我戒酒六个月了，我一个从来不爱动的人，还得每天跑步五公里……”

“拜托，还好意思说，只跑了一天而已！”

“我膝盖积水，不适合跑步，这不能怪我。反正我比你轻松不了多少。”

“是为我吗？你做的一切还不都是为了你未来的孩子！大夫说了……”

“别跟我提大夫，提她太下劲了，我什么时候那什么要她来定，这也太那什么了！能不能尊重本能？”

“你一年本能不了一回，值得尊重吗？是你想当爸爸的。”

“我想要孩子不对吗？这是人之常情，你不也同意了吗？要孩子是两个人的事儿，不能怪我一个人！”

“今天明明是你在掉链子！”

“你下了飞机就该直接回家，要是直接回家，那会儿我链子还挂着呢。”

当争吵的话开始轮回的时候，俩人都觉得索然无味起来。小康起身，抱着枕头和被子气呼呼地去客房睡觉了。

要孩子最好趁着刚结婚时的热乎劲，有了就有了。一旦审美疲劳了，这事儿成了任务，还真就不好办了。越不好办越有负担，越有负担就越不好办。

5

燕妮并不想生孩子，是小康想当爸爸。

燕妮其实不想要孩子，觉得生活太累了。不是怕生了孩子自己会更累，虽然这是一定的，但她更怕的是孩子长大了会累。

不想生孩子的女人总是被说成自私，燕妮觉得那些生孩子的女人才自私，为了传宗接代，为了享天伦之乐，为了所谓的爱情结晶，这些还不都是从自己的角度出发吗？她们都考虑过孩子的意愿吗？

生活不容易，一步一个坑，只有摔得遍体鳞伤，才能渐渐地麻木，最后进入不争不抢不好不坏，丧失痛觉的美妙境界，是所谓认命。燕妮还没有熬到那个境界，她还在时时觉得很疼，时时在想自己为什么会在世上走这么一遭，可惜想了白想，退不回去。燕妮没有能力给自己的孩子一个从头到尾从生到死的美好生活，但是有能力不让自己的孩子如此这般遭罪受累。办法很简单，就是压根不让孩子出生。

燕妮也知道，自己的经历再辛苦，也还是太过普通，毕竟比她不容易的多了去了，但是别人的难并不能消抵一分自己该遭的罪。当然也有看起来无忧无虑的，可是燕妮推己及人，并不相信这些人真的如表现出来的那样幸福，除非他们太过愚钝。

小时候，燕妮曾一直盼望着早点儿长大，天真地相信明天会自然而然地更好。长大了才知道，明天并不会变得更好，就算你今天格外辛苦，付出也不一定会有回报。要命是，燕妮已经不知不觉把无数个明天过成了今天，却依然找不到今天和明天的分界线。

但是老公想要，老婆不好不配合。小康一结婚就想要，一直在等燕妮工作轻松下来再说，这一等，就等了五年。就凭着这份耐心，燕妮也没法再拒绝他了。

小康想要孩子，又有大把的时间可以怀孕，可惜他不会。在生孩子的事儿上为什么不能男女平等呢？老天爷造物的时候，给女人比男人多造了一个子宫，并将这个器官藏在女人身体的最深处封好，其本意一定是将生与不生的选择权和决定权交给女人的，这本来应该是女人的优势和资本。但是从什么时候开始起，生成了义务，成了正常，不生却跟不正常画上等号的呢？那些母爱很伟大之类的洗脑话又是怎么成为举世皆认的公理的呢？

7

昨晚跟小康生了气，又为丢了行李生自己的气，这么一折腾，燕妮就又失眠了。说又失眠，是因为失眠对燕妮来说是常态，她早就丧失了自主入睡的能力，不备孕的日子晚上一直靠安眠药入睡，白天再靠咖啡提神。现在药不能吃了，只好硬扛，经常睁眼到天亮。

被手机闹钟叫醒时是六点半，燕妮迷迷糊糊地从床头柜抽屉里拿出体温计塞到舌头下面，为下一个排卵期做准备。

等待的工夫，燕妮拿起手机看着，修改过的营销方案发过来了，时间显示是凌晨 4 ： 03，大家都不容易。燕妮快速地看了看方案，这回意思都对了。体温计“嘀嘀”响了，燕妮抽出看着，36.01 度，跟昨天一模一样，分毫不差，这意味着什么呢？燕妮又试了一遍，还是一样。燕妮在一张表格上记录下这个数字，又上了表，想再眯个十分钟。刚翻身躺下，突然觉得肚子一阵隐隐的不舒服。大夫说过，如果安静下来仔细体会，是能觉察到卵泡破裂时小肚子微弱的疼痛的。燕妮一下子又精神了。卵泡破，意味着卵子排出，难道说，还有机会？

燕妮下了床，走出主卧，看到客房的门关着，犹豫了一下，没去叫醒小康。一来不知道小康的烧退了没有，二来自己并不确定刚才那一下下肚子的痛到底是因为什么。她决定上班的时候，抽空去医院做个B超再说。想着小康拉肚子又发烧，为封山育林还不能吃药，只能忍着，燕妮忽然觉得好心疼，后悔自己昨天没控制住情绪。

燕妮像往常一样，八点就到了公司。昨天晚上加班到凌晨的三个员工干脆就没走，横七竖八地睡在了办公室，呼噜声此起彼伏。累是真累，燕妮看着也心疼，她跟这些员工在一起相处的时间比跟小康都长，不可能没有感情。但是慈不带兵，燕妮从来不会放松要求。好在在燕妮的带领下，销售部业绩年年高，大家辛苦归辛苦，看到付出有回报，还是很开心的。付出有回报，在燕妮看来，简直是世界上最美妙的事儿，仅次于向神灯许愿。

燕妮把几个人喊了起来，回到自己座位坐下。

“杨总，早。喝点儿什么？”因为燕妮上班早，马鹿也就自觉每天早半个小时到公司，她走过来跟燕妮打招呼，那副风雨飘摇惶惑不安的样子，让燕妮看了很心疼，又不好多问什么，只希望她早点儿打定主意。

“不了。跟安保部联系一下，我要查看下昨天晚上九点左右的监控，写字楼门口的。”燕妮说。

马鹿联系好后，燕妮跟马鹿一起去了写字楼安保部，看到了昨晚自己拎着行李走出写字楼大门上出租车的监控镜头。记下出租车车门上的公司名和车牌号后，燕妮要马鹿立即打电话去出租车公司。很快司机就给马鹿回了电话，他承认拉了燕妮，但是一口咬定行李被燕妮拎下了车，不在车上。司机没有说行李被别的乘客拿走，而是说被自己拿走，燕妮更加确信行李没有丢，还在司机手上。都穷疯了吗，燕妮这叫一个气。

燕妮发微信给小康，让他醒来后去小区物业查看一下监控，把自己下车的片段录下来，她要用证据逼司机交出自己的行李。

忙完行李的事儿，燕妮抱着电脑，带着已经收拾齐整的三个员工，提前五分钟走进了公司大会议室，她要在这里跟几位领导汇报新鲜出炉的新店方案。燕妮站在投影前条分缕析地讲述了十分钟，领导们表示对方案很认可，又说了几句加油鼓劲儿的话会就散了。

燕妮松了口气，正准备开个小差去趟妇产医院，被公司袁姓副总电话叫走了。

燕妮敲开了袁总办公室的门，被袁总热情地请了进去。

“杨总，快进来，坐。我给你泡了茶。”

袁总的茶几上摆着紫檀木的茶海，茶海上是全套功夫茶茶具，还有茶宠，一目不能了然。铁观音，乌龙茶，红茶，黑茶，白茶， 燕妮每次来喝的好像都不太一样。她不太喜欢喝茶，更没功夫品功夫茶，袁总有。

“真香。”燕妮客套着，“您找我？”

“有品位！这可是最好的寿眉饼。昨天刚从老家给我寄过来的，特别有余味。”袁总说着又给燕妮倒了一小杯，“再喝一杯，解解乏。昨天刚回来就连夜加班，你也是真够辛苦的。”

“没什么，应该的。早一天把项目推上马，早一天见效益。”

“嗯，时间就是生命，公司多亏了你们这些硬骨头才有今天。来，再喝一杯。对了，我推荐的那家餐厅去吃了吗？”

“没来及。”

“没事儿，别遗憾，等开业的时候，咱们一起去吃。”

燕妮的时间是以分计算的，袁总的时间度量衡大概是年，每次跟袁总说话，燕妮都挺急的，皮儿太厚。

“那个新店的预算，你看还能再低些吗？” 东拉西扯的差不多了，袁总终于回到了正题上。

“低不了了。这个预算很干的，一丁点儿水分都没有。比照前面的十六个店，新店的预算只能排第十一。”

“我知道我知道，你刚才在会上已经说过了，我很清楚。那你看能不能再砍掉百分之五十？百分之三十也行。”

“百分之三十，百分之五十，我只想知道这个数字是怎么得出的？预算是根据方案做出的，方案是需要预算支持的，少了预算，方案怎么执行？咱们总不能平白地突然降低新店的标准啊？”

“当然不能。什么都能缩减，就是专卖店标准不能减，这是硬杠杠，降了美国总部也不答应啊。困难是一定会有的，你的能力公司也是信任的，我们都相信你能克服。”

“不能。这是公司的最终决定吗？我不接受，我找牛总去。”

“别别别，别去。”

“这个决定太没道理了。一切都跟以前一样，但是预算要减，我做不到。”燕妮很强硬。

“我知道我知道，我特别理解你。但是……你懂的……要不象征性地减个百分之十也行。”袁总意味深长地笑笑。

“不行。”燕妮很坚持。

袁总四十八岁，跟牛总是大学同学，但是比牛总大八岁，据说参加了七年高考才终于考上的大学，就这股韧劲和忍劲也算个奇人了。袁总不胖不瘦不高不低，肚子特别大，长了一张过目即忘的脸，他是牛总的保护层和缓冲带，除了能帮牛总喝酒外，没什么具体的本事，但是做人有弹性，懂得圆通，替罪羊的工作一直完成的不错。生存技能万万千，袁总似乎掌握了最憋屈但也最容易的一种。燕妮三年前进到公司时，袁总思维还没有这么慢，脸也没有这么浮肿，说话舌头更没这么拌蒜，她严重怀疑这是饮酒过量引起的。

但是，袁总那笑容背后是什么意思？最近一段日子，公司走廊时不时会飘荡起牛总夫人悠扬的歌声，公正地说，歌唱得还行，毕竟是专业出身，但冷不丁由远及近，冷不丁又由近及远地来这么一两嗓子，总感觉是鬼魂在出没。牛夫人最近来公司来得特别勤快，燕妮在电梯里碰见她的时候，她说儿子两岁了，不怎么拴人了，她闲着也是闲着，看大家都那么辛苦，就来无偿为公司做点贡献，然后牛总的两个美女助理就消失了。预算的事儿会不会也跟她有关呢？想到此，燕妮心里涌上一股寒意。

燕妮不是袁总，也没听袁总的劝，决定去找牛总说说。不找不行。

8

牛总办公室挨着袁总办公室，在走廊最里面，门口助理的座位是空的，新人还没到位。燕妮敲了敲牛总办公室的门，牛夫人好听的声音飘了出来。

“请进！”

燕妮推开门，看见牛夫人坐在牛总的老板椅上，牛总站在一边，俩人正看着牛夫人手机里的视频。牛总很矮，也就一米六，穿了增高鞋站在坐着的牛夫人身边看手机，不用太俯首就能贴耳。

“哎呀，燕妮来了，我们正看儿子的视频呢。给你看看，好玩儿不？”牛夫人从老板椅上站起来，热情地走到燕妮身边，给她看手机视频。

牛夫人二十八岁，严格说算不上什么标致的大美人，长了一张怒长的马脸，为了掩盖脸型的缺憾，永远留着一成不变的埃及艳后式发型，刘海又齐又厚，压得假睫毛没处发挥。

不过上天还算公平，在赐予了她一张马脸的同时也赐予了她一米七的身高和一双白且直的马腿，她一定很为它们着迷，一年到头都露着，不舍得遮上，即使是在她自己的中式婚礼上，也坚持穿着定制的超短旗袍。

视频里，一个两岁左右的男孩子正专心地玩玩具，虎头虎脑的，确实很可爱。

“真可爱。”燕妮由衷地说。

“是吧！生一个不？”

燕妮笑笑，“暂时还没计划。”

“姐，你也不小了，要生得抓紧啊。衣服很好看，很贵吧？”

“还行。”燕妮留了个心眼，没告诉牛夫人自己穿的就是自己公司的男士休闲装，内部价买的，她担心说了以后就享受不到这个福利了。

“真有钱。我家老牛都两年没买新衣服了。”

“净想着怎么打扮老婆了是吧？”燕妮微笑着回怼。

燕妮当然知道牛夫人上下文的逻辑和内在的意思表达，她想传达的精神是自己不应该比牛总挣钱多，燕妮才不吃这个哑巴亏。况且，牛总是不用牛夫人操心买新衣服，因为身材问题，公司品牌男装最小号他都穿不了，穿的都是美国总部专门为他定制的衣服，全套的，钱怎么算就不知道了。

“就他，还不得把我打扮成他们村的王桂花？哈哈哈哈！成，你们聊吧，不打搅你们谈正事了。”牛夫人并不离开，而是坐到了沙发里。

这是要垂帘听政吗？燕妮决定视她为不存在。

“来，杨总，坐。”牛总听见两个女人聊完了，这才从自己的手机上抬起头来，女人说话他不搭腔的。

燕妮在牛总办公桌对面的椅子里坐下。

“袁总刚找我了，说新店的预算要削减，我不能接受。”燕妮语气坚定。

“这事儿老袁跟我说过，我告诉他不可行了。不过，老袁想为公司节省预算，出发点是好的。”

“不是公司的决定我就放心了。如果觉得预算不合理，我希望能指出具体哪一笔不合理。不能直接就要我减，百分之五十，百分之三十，百分之十，跟菜市场讨价还价一样，这也太不严肃了。”

“嗯，他的业务水平你知道的，我回头会找他谈谈的。你赶紧按原计划执行吧。”牛总撤回了判决。

“好的。”

燕妮起身走的时候跟牛夫人打招呼，牛夫人玩着手机，假装没听见。燕妮知道她一定是听了刚才自己和牛总的谈话不爽了，这更印证了自己的猜测，这个无理的决定来自牛夫人。不爽就不爽吧，燕妮只想做好自己的工作，不想跟女人一般见识，老板的老婆也不例外。情商跟谄媚是两码事儿。

袁总办公室门没关，燕妮走过的时候扭头看了一眼，袁总直挺挺地坐在沙发里睡着了。大概是中枪了吧，当牛总的靶子也不容易。牛总从来弹无虚发，全都打在了他身上。这事黑色的地方在于，燕妮明明知道是怎么回事，但愣是不能说透，说透了大家面子都不好看，更不利于问题的解决。说出皇帝没穿衣服的只能是孩子，孩子就是孩子，如果成年人也像孩子一样童真未必是好事。看透不说透才是更高级的处理办法。

预算虽然搞定了，但是燕妮心中的气不打一处来。她燕妮到底几斤几两，牛总心里没数吗？为什么会允许自己老婆进来插足呢？如果不是牛总允许的，那就是牛夫人直接跟袁总下的指示，那就更不能接受了。后宫干政，你以为你是武则天吗？

牛总人生得矮，长得还不好看，虽然喜欢穿增高鞋，开悍马，找的老婆也比自己高一头。也许是为了弥补个人外在条件的严重不足，老天爷给了他精明的头脑。牛总曾以全省第一名的成绩考入当地重点大学的经管系，毕业后自己开贸易公司，几年内挣了几个亿。挣钱太容易，牛总觉得没意思了，就去哈佛商学院深造，遇到了现在公司的品牌创始人颇受欣赏，遂将品牌带进了中国。可惜再高分的简历再多的钱，也瓦解不了外表带来的深切的自卑。燕妮能想象出牛总在家对老婆是怎样的低三下四言听计从，但是把这一套搬到公司来可不行。

“孔子是谁？古代人太不会起名字了，哈哈，太好笑了。”

一年前，牛总婚礼上，当有做行政的同事说自己姓孔，是孔子第 75 代孙时，牛夫人的话让燕妮印象深刻。孔姓同事因为没控制好表情，流露出了些微的不屑，牛夫人察觉到了。

“你有没有觉得这个姓孔的跟咱们公司气场不合？”牛夫人在燕妮耳边嘟囔了一句，看似在征求燕妮的意见，但是没等燕妮说什么，牛夫人已经飘走了。

牛总的婚礼是在京城一家顶级私人会所举办的，四合院式建筑，青砖灰瓦，雕梁画栋，十足的帝王气派。会所里有几个大型庭院和数个小型庭院，婚礼就是在其中一个大型庭院举行的。据说会所的成员都是知名的企业家、政治家、艺术家，非富即贵，因为名额有限，不是交了入会费就能进的，还要进行资格审查。需要努力多少年才能像牛总一样成为这里的会员呢？这是那天晚上燕妮和同事们脑子里共同思考的问题。

“结婚后，家里的钱归谁管啊？”

“当然是我管啊，难道还让你管不成？”牛夫人不得体地跟站在身边的男司仪打趣。

“当然是老婆管，当然是老婆管。”牛总忙不迭地接话。

牛夫人和她父母，牛总和他父母站在一起，接受着婚礼司仪的调侃。牛夫人一家三口人高马大，趾高气昂，牛总一家瘦瘦小小，谦卑忍让。燕妮坐在男方阵营里看着，很心疼牛总，也为牛总不值。本来就比牛总高一头的牛夫人还专门穿了带防水台的高跟鞋，在燕妮看来，这是在羞辱牛总，连带着，也羞辱了男方阵营。当然，她不是当事人，体会不到当事人的快乐。

婚宴结束后，燕妮再也没见过孔姓同事，但是自己还留在公司，看来自己的气场跟牛夫人很合，这让燕妮很不快。那天除了走红毯时放的婚礼进行曲，其余的时间反复播放的都是牛夫人的歌，燕妮从此拒绝听一切好山好水好心情的歌曲，生怕沾染上哪怕一微克来自牛夫人气场的分子。

燕妮很尊重牛总，也一直把公司当成家，尽心尽力想跟着公司一直成长。如果她的领导不再是牛总，而是牛总家无脑又是非的牛夫人，她可能只有走路了。

9

燕妮利用午休的工夫，开车去了医院。

燕妮是听了车里的广播介绍才知道这家医院和鲍大夫的。医院的主任医师鲍大夫七十岁了，退休前是一家二甲医院的妇产科主任，退休后到私人医院来发挥余热，专治不孕不育。医院距离燕妮公司只有十分钟车程，很近。燕妮没时间浪费在路上，这家医院就成了不二的选择。

这家医院在一家公寓楼的底商里，旁边紧挨着一家格局一样的宠物医院。燕妮第一次去的时候，糊里糊涂就进了宠物医院，跟护士说挂鲍大夫的号，还真就见到了鲍大夫，不是重名重姓，就是鲍大夫本尊。鲍大夫有兽医执业证书，一三五在这边给宠物做绝育，二四六在那边帮人治不孕不育。

来都来了，好不容易抽出时间，燕妮还是决定见见大夫，就在宠物医院挂了号。排在燕妮后面候诊的是一只准备做绝育的哈士奇。

“你宝贝呢？”哈士奇的女主人问。

“啊……我就是先来问问。”燕妮胡乱回答着。

“你男孩女孩？”

“女的。嗯，女的。”燕妮没撒谎。

“我这也是女孩。本来不舍得给她做手术，觉得平白无故地肚子上来一刀挺对不起她的，可是我也不想让她生。看得挺紧的，谁知道一眼没瞅见还是怀上了，刚生完。赶紧带来绝了算了，一窝好几个，生得挺遭罪的。不能再怀了。就一眼没瞅见。”女人特别爱说话。

一眼没瞅见就怀上了，说得燕妮这叫一个羡慕。人不是号称比动物更高级吗，可是连最原始的生育能力都给搞丢了，高级又能高级到哪儿去呢？

“哎呦，燕妮，来得可真是时候，我刚接到一个好消息。”鲍大夫见到燕妮，亲热地打着招呼。

“又有人怀上了？”

“可不！第九十九个了！希望你是第一百个哈，加油！”鲍大夫说着站起来，把身后白板上的红色数字“98”改写成了“99”。

鲍大夫跟燕妮印象中的大夫不一样，大夫们大多疲惫凝重话少，可是鲍大夫特别热情外向，还总是备着超多的小零食给病人吃，但是开起药来却一点不含糊。有一种每个月只需要在经期前六天服用，一天只需一片的药，鲍大夫一次性给燕妮开了六十片，够十个月的量了。还有七七八八的补药，也都是按照需要量的五到六倍开。燕妮想着能怀上孩子是大事，少不了需要鲍大夫指导，也就没计较，开多少都照单全收，努力做一个让大夫喜欢的病人。

能不能像鲍大夫卖药一样推销自己公司的产品呢？燕妮曾经暗自思忖过，得出的结论却是否定的，因为鲍大夫是自己的上帝，顾客也是，一介臣民哪里有机会造次？

白板上还粘贴着很多照片，有小孩子的，有孕妇的，一张张见证着鲍大夫的能力，也让燕妮感到很有压力。她也想加油，可这好像不是加油就能办到的吧。

“我也着急呢，早怀早了。”

“你俩身体都没问题，问题是太拿这事儿当回事了。古代那么落后，人们啥也不懂，还不是随随便便就怀上了？千万别把这事儿当大事儿，这是本能，要自然而然。”鲍大夫大概忘了，这话她已经说了好几遍了。

这不能吃那不能喝，每天定时量体温，如果不出差，临近排卵期还被要求每天做B超监测，燕妮不得已每天都在关注这事儿，已经不知道怎么才能自然而然了。她也不想把这事当大事儿，但如果这事不是大事儿，干吗成立那么多专门的医院针对这件事儿？至于说到本能，吃饭睡觉这两件比生孩子更原始的本能，她觉得自己都已经本不能了，更别说其他了。

B 超显示，燕妮卵泡已破，子宫积液虽然不多了，但是还有。燕妮心下暗喜。燕妮早就通过上网学习了很多跟怀孕有关的科学知识，知道这意味着卵子已经离开了子宫，进入了输卵管。卵子在输卵管可以存活十六至十八个小时，然后排出体外。

“大夫，您觉得今天还有戏吗？”

“当然有！但是得赶紧！时间不多了，现在追还来得及！”

“好的，那我走了。”

“祝你成功啊！千万要放松，要自然！要抓紧！”鲍大夫嘱咐道。

全力以赴地自然而然，就跟团结要紧张严肃还得活泼一样，中间的这个劲儿很难拿捏。燕妮一直为自己掌握不好火候自责，尤其是想到至少有 99 个女人在鲍大夫的指导下已经获得全面胜利的时候，更是不甘心。

10

燕妮给小康打电话的时候，小康刚在学校食堂吃完午饭，正跟同事老张在院子里下着围棋。局面焦灼，小康举棋不定，挂断了燕妮的电话没接。监控的事儿他给小区物业打过电话。接电话的人说需要跟领导汇报，让他一个小时后再打，后来他忘了。

小康所在的院校属于一类院校，在校师生加起来有三万多人。学校每年都会举办运动会，围棋也是参赛项目，小康代表外文系参赛年年拿第一。小康也代表学校参加过市高校围棋比赛，本着友谊第一，比赛第二的精神，得了个第三，难受了好几天。按说应该知道差距来年勇争第一吧，小康才不那么为难自己呢，技术可以继续精进，但从此拒绝参加一切校外比赛，只窝在校园里舒适地称王。还好，学校里至今没人下得过他。

燕妮急脾气，电话被挂断再拨，还是被挂断，就发语音微信，问小康身体怎么样，还发烧不发烧，在不在家，卵子还活着，不在家就赶快回家追卵子！

小康终于下了一步棋，拿起手机听着燕妮的语音微信，当“卵子”俩字冒出来的时候，小康赶紧退出微信，心虚地瞥了眼对手还有站在旁边看棋的学生。大家的注意力似乎都在棋上，小康暗自松口气。为人师表，这样不好。

小康站起来，走开几步给燕妮回电话，偶然一回头，发现大家都在偷瞥自己，心这叫一个虚，就赶紧又走远了几步。

“喂，我不烧了。”

“那太好了，在家吗？”燕妮在电话里问。

“在学校，帮老张带两节日语课。他下午家里有事儿。你先回家吧，我下了课就回去。”

“那就来不及了！”燕妮是个急脾气。

“怎么又来不及了？”小康是个慢性子。

“现在才一点，你两点上课，下了课四点，你路上一般用一个多小时，回到家就快六点了，还累。我等你卵子不会等你，随时都可能排出体外，等你回来，真的不确定它还在不，这事赶早不赶晚。万一追不上还得多等一个月！”燕妮在电话里滔滔不绝地说着。

“没办法啊，我身不由已。今天还是大课，三个班的学生一起上。校领导也要来听课，他们要去德国考察，来集中学习一下。”小康有点儿烦。

“我不管。什么重要你自己想清楚。”

“这样，我下了课就立即往回赶，赶上就赶上，赶不上就下个月。怎么样？”

“不怎么样！老有件事儿悬在那里，你不累吗？”

“不给自己订目标，非要怎么样怎么样，就不会累了。你也放松点儿。”

“想着马上就能解决的事儿，还要再等一个月。我放松不了。”

燕妮和小康的脾气秉性很不一样，燕妮是急性子，行动派，遇到问题不解决了不踏实，小康则相反，遇到问题喜欢搁置。燕妮说小康是逃避型人格，不成熟，小康说燕妮不等机缘成熟硬往前冲才是真的不成熟。

燕妮很想说，课就不上了又能怎么样，反正工资总是那么多，多上两节少上两节区别不大，而且多半情况下，这两节课时费还得归了老张。小康一向不好意思谈钱，这让做销售出身的燕妮多少有些不理解，付出了就得有回报，这么简单的道理为什么到了小康这儿就行不通呢？但燕妮话到嘴边还是忍住了，因为她知道接下来一定会出现的对话。

“人情比课时费更重要。”小康会说。

“但如果真是这样的话，老张就该主动把课时费给你不是吗？”燕妮会说。

“老张不给，是因为老张也认为课时费抵不上人情。”小康会说。

“所以带了那么多课就送你一西瓜？”燕妮会说。

“礼轻但是情意重啊。”小康会说。

然后话题结束。

“早一个月办完，你也可以早一个月开始喝酒。”燕妮说。

打蛇要打七寸，老公也一样。

小康的七寸是酒。小康爱喝白酒，每天都要喝，每周都要醉，然后每个月总有那么一两次宿醉过后难受地对天发誓要戒酒，当然不难受就忘了。燕妮曾经因为这个差点儿跟小康分手，但是后来她发现，喝了酒的小康比不喝酒的小康更浪漫更多情，会夸她漂亮，夸她聪明，说她是他的女神，会从俩人当初看起来很普通的相遇中拎出美感，会让她觉得乏味的日子也很有意义。燕妮对这样的小康欲罢不能，小康不喝酒她也很难受，她需要充电。

提到酒小康果然立刻变积极了。

“要不这样，学校对门有个经济酒店，你开个房等我。我下了课过去，至少能提前一个半小时。”

“到四点还有三个小时，回公司一趟来不及，我不能就这么啥也不干，干等着啊。”

“睡觉。你不是睡觉不好吗，正好去酒店先睡会儿。”

“我要是随便在哪儿都能睡着就不是神经衰弱了。你等着，我现在就去你学校。”

“现在？还有半个小时就该上课了。”

“我还有一个路口就到了。你在办公室等我。”燕妮作风强势。

“办公室？不要啊！”小康慌了。

“老张不是有事儿吗？我进学校大门了。”

小康挂断了电话，老张还没落子，围观的学生们因为要上课，已经散去了。

“还有十分钟。先这样吧。”小康说。

老张拿出手机对着棋盘拍下照片，俩人收拾棋子回了办公室。

小康和老张共用一间小办公室，桌子面对面。老张用他的大茶缸子泡了杯茶，对着手机刚拍的照片继续思考，原来他三点才走。小康赶紧微信给燕妮。

那就三点吧，不是有十分钟课间休息吗，五分钟足够了。燕妮微信回复说。

11

燕妮停好车，准备去校门口吃点儿东西，忽然觉得好累。跟吃饭相比，燕妮更需要的是睡觉，更何况，她已经很久没有食欲了。车里还有半瓶矿泉水和一包没开封的饼干，燕妮将就着吃了点儿，开了车天窗透气，放下车座靠背，决定把这难得的一个小时用在休息上。

结婚后，燕妮就没再来过这里，现在坐在车里，看着不远处走来走去的学生那一张张无忧无虑稚嫩的脸，燕妮很有些感慨。不，她并不羡慕他们，也一点儿不想回到十年前，想着他们还那么年轻，还有那么多路要走，燕妮就替他们累得慌。

燕妮刚闭上眼，手机响，是微信，来自“小希”，她发来了几张照片。照片上小希抱着女儿站在粉色的背景前，女儿非常漂亮，脸蛋胖胖的，眼睛大大的，皮肤黑黑的，脑门上点着红点，穿着红色的衣服，即使是县城影楼风，也掩盖不住这一对母女的美。

“好玩儿吧，把工作放一放，赶紧生一个吧。”小希发微信说。

“宝贝太可爱了！我也急啊！”燕妮确实这么想。

一转眼，小希的女儿已经百天了，时间也是过得真快。去年的一天，小希午休时间来找燕妮，说有事儿要聊。小希来的时候没化妆，蜡黄着一张脸，形容憔悴。燕妮给她在楼下食堂打了饭她没吃，说没胃口。

“我怀孕了。”小希说。

“啊？跟谁啊？”燕妮意外也不意外，小希追求者众多，挂一漏万，怀个孕很正常。不过最近没听她说谈恋爱。

“你不认识。是我老家的同学，高中一个班的，班长。”

这个回答让燕妮很意外。小希的老家在甘肃的一座刚刚脱贫的县级市，三个月前小希回老家去给姥姥过生日，没想到整出个番外篇。

“春节回家同学聚会联系上的，就一直微信联系着，这次回去又见着，突然就想在一起，就在一起了。”

小希几个月前刚刚结束了一段为期三年的恋爱，因为她想结婚而他不想结婚。上学的时候，因为小希爱玩爱打扮，总被宿舍其他人说成是在出卖色相傍大款的狐狸精。大款又不是什么坏人，不仅有钱还有头脑，为什么不能傍一傍呢？难道一定要跟傻青年一起虚度光阴才叫政治正确的美好回忆吗？燕妮不以为然。后来燕妮跟小希合租住在一起，接触多了才知道，小希还偏偏就是喜好各路傻青年，结果不仅得不到她要的真爱，还每次都倒贴。

"我得有心理优势，不然我会慌，还没开始呢就担心会结束，然后就完全开始不了。"小希说。

燕妮没想到，小希的不安全感如此强烈。

"他什么情况？"

"在我们老家银行工作，信贷部的。"

"他会来北京吗？"

"不可能。一点儿可能都没有。他特别抗拒大城市，我只喜欢大城市。我知道我们俩在一起不现实，可是，我舍不得孩子。"

"那怎么着，做单亲妈妈？"

"不，我想结婚。"小希说。

"他呢？"

"他听我的。"

"然后呢，跟他一起在老家生活？你放弃在这里的一切，回去生活？你甘心吗？”

“当然不。我当年拼了命才考进北京的，一转眼都已经十年了，我不可能回去。我爸妈也都不在老家了，过去的同学也都没怎么联系。”

外联是个吃青春饭的工作，没什么特别的技术含量，有心的干这个都是当过渡，瞅准机会或升职或转行，小希整天不切实际地想着寻找真爱，结果三十岁了还在原地踏步。新人不停地涌进来，她的优势越来越不明显了，刚琢磨着改行学点儿别的，就出了这个事儿。

“两地分居？”

“我不知道。但这是我离结婚最近的一次了。”小希说得燕妮差点儿掉眼泪。

燕妮知道小希是迫切想抓住点儿什么。小希考上大学那年，她的父母离婚各自成了家。其实离不离对小希来说区别不大，反正她从小就没得到过多少关爱。从小缺爱但是又太渴望爱的结果就是，表面冷若冰霜，但是有人稍微关心她一下，跟她说句晚安，她都感动得恨不得把命给人家。小希对每一段感情都掏心掏肺，吊诡的是，人越想得到什么就越得不到什么，转眼三十岁了，能抓住的只有肚子里的孩子。

小希拿出手机，低头看着。

“看什么呢？”

“看看我们俩的孩子以后会长成什么样。”小希说着，把手机里的照片递给燕妮看。

照片是男人跟小希的合影，男人穿着爷爷式的深蓝色拉链夹克衫，个子很高，皮肤黝黑，气宇轩昂，单论颜值，是不低的，尤其在那座小城市里，绝对是非常出众的帅哥。让燕妮很受触动的，是照片上的小希，小希挎着男人，把脸贴在男人的胳膊上，被宠溺的幸福表情就应该是这个样子。燕妮后来每次想劝小希回来，回到大城市来自强不息的时候，脑子里就是浮现出这时的情景和这张照片，劝说也就变得不是特别坚定。

如果男人也在北京，或者在某个小希喜欢的大城市，该多完美。燕妮整天跟客户打交道，发现最难搞的那一个叫生活，生活最终会给你你想要的，但是价码总是特别高，还不给讨价还价的余地。

“礼物收到了吗？”燕妮发微信问。

小希没有回复，燕妮习惯了，自打生了孩子，小希就象变了个人，微信及时回复率为零，四十八小时的回复率有时能达到感人的百分之五十。不是孩子哭了就是尿了，要不就是笑了，或者小希自己累得突然睡着了。

12

五分钟足够了。这几个字一直在小康脑子里盘桓，即使站在讲台上，滔滔不绝，妙语连珠，引得一百多位学生阵阵大笑，高潮迭起，也没用。

下课了，小康跟渴望交流的学生连说几声对不起，然后快步走回自己办公室。五分钟足够了？这句话到底什么意思，主语是谁？是小康、燕妮，还是指生孩子这件事儿？燕妮是在抱怨吗？小康很后悔自己从来不计时，搞到现在无法反驳，只能讨论。

小康觉得自己被伤害了，但是谁让自己想要孩子呢？小康工作稳定清闲还宅，他喜欢小孩，早就想要个孩子充实生活了，但看燕妮工作太忙，就想着过两年再说。可是眼看着五年过去，俩人岁数越来越大，燕妮的忙好像也没有终点，小康沉不住气了。燕妮每天早晨六七点钟起床出门，晚上九点多才回家，每天工作时间至少在十小时，节假日还经常加班。小康心疼燕妮，也不想再给她增加负担，但孩子总不能不要啊。要是他能，他真不想麻烦燕妮，自己生，可惜他不能。

小康花了五分钟才走到办公室，妈的，又是五分钟。小康推开门，老张竟然还在。

“还没走？”

“哎呦，下课了都！走走走。一直琢磨棋呢，差点儿晚了。”

老张站起来，把喝剩的茶水倒进一个随身保温杯里，又兑了点开水。

“咋回来了？落啥了？”

“哦，手机，手机没电了。”

阶梯教室在第三教学楼，离外文系办公室不远不近，正常速度走的话，十分钟打个来回刚好，老师们一般没人会在课间休息回办公室。

老张终于挪出了办公室，小康心虚，生怕这个时间点燕妮出现，他不知道该怎么跟老张解释。

老张五十一了，三十八岁那年相亲认识了女方，可惜结婚不到半年老婆就瘫痪在床。老张膝下无子，这么多年来对老婆一直不离不弃地照顾。据传说，老张跟自己家常年照顾老婆的保姆大姐关系不太清楚。

小康很同情老张，愿意无偿帮老张代课，同时他也欣赏老张的生活智慧。如果没有那个保姆，老张的日子不知道该有多难挨。是，是不符合法律和道德，但是三个当事人都是这个关系里的受益者，外人又有什么资格说三道四呢？难道老张一定要恪守一夫一妻制，一个人死扛才值得肯定吗？不是所有人都愿意做可歌可泣的道德楷模，伟大解决了不了现实困境。小康也恨不得给自己找这么一个只负责生孩子的女人，以减轻燕妮的负担，可惜他没被逼到老张的绝境，也怕燕妮和道德一起崩溃。

燕妮被手机铃声吵醒，才发现自己竟然睡着了，看看表，差三分钟三点。燕妮下了车，一边接着电话，一边快步走向外文系办公楼。燕妮敲开小康办公室门的时候，3 ∶ 05 了。小康飞快地关上门，落了锁。燕妮一边环顾着办公室，一边脱衣服。办公室很简单，很老派，两张对头放置的办公桌，两个带柜门的书架，衣架，没别的什么了。

“你脱啥上衣啊？”

“哦，对。”小康赶紧把上衣穿上。

“快啊！愣着干嘛？跟个小处女似的。”燕妮哭笑不得。

“不行，我……”

“别说话，你不是没时间了吗？”

“就是因为没时间了。这都 3 ∶ 06 了，哦，不，3 ∶ 07 了。我最快的速度走过去需要五分钟。”

“晚几分钟就晚几分种吧。什么重要啊？晚了几分钟但是解决了大问题，这个账都算不清吗？”

“不行，我太紧张。这个环境一直都是我跟老张。”

“忘掉老张。”

“忘不掉啊……”小康很委屈。

燕妮不放弃，坐到了小康腿上，“就当我是上门服务的，职业的。”

“这是学校……不行的。3 ∶ 08 了，我得上课去了。”小康看看表。

“你就把我当成男的。小妞，给大爷乐一个。”

“我想尿尿。”

燕妮终于失望地叹口气，站起身来，“我去对面酒店开房。”

“好，你先走，我再走。”

“我是你老婆！你怕什么？”

“不怕不怕，可是万一别人看见但是不问，怎么办？你又这么漂亮。”

燕妮瞪了小康一眼，没说什么，戴上大墨镜，走了。

小康等了半分钟，站起来打开门，正看见老张站在门口，扭头看着燕妮离开的方向。

“我老婆。”

“当然。”老张会意地笑笑，走进办公室，他忘了拿水杯。

小康忽然特别的后悔，后悔自己嫌麻烦，结婚的时候没有办婚礼摆酒席，请同事们参加，不然老张就不会认不出燕妮。不过，以老张的生活经验，他会理解自己的，小康想。

小康的第二节课上得心神不宁的，直到全体哄堂大笑他才意识到，自己把日语课上成了俄语课。

13

酒店的见面也很不顺利。

学校门口只有一家经济型酒店，是由一座六层的办公楼改建的。燕妮想着又不是约会，非要讲究什么情调，老夫老妻的了，只要是个四面有墙的空间而且干净，就行了。省去路上的时间和周折很重要。

燕妮的房间在一楼。房间倒是干净，就是比想的还要小，除了房子中央一张很大的双人床和床对面的一张桌子外就没地方了，沙发椅子茶几都没有。雪白的床单上还很骚情地放了支玫瑰花。玫瑰花假得很明显，绢制的，有些脏兮兮，燕妮难以忍受，将玫瑰花扔进了垃圾桶。大白天的，房间的窗帘拉得严严实实，燕妮想透口气，走过去拉开窗帘，窗外没有风景，只有一堵石灰围墙，近到几乎触手可及。

燕妮出差，公司是按四星级酒店标准报销的，她发现自己对廉价酒店的想象力实在不够。这个房间也实在太憋屈了，燕妮拿起直线电话接通了前台，想换个高层的房间，但是前台告诉她高层现在没房间了，一间房间都没有了。赶早不赶晚，换酒店怕来不及了，只能这样吧。

小康下了课没回办公室，而是直接去了酒店。酒店，开房，大床，女人，这几个关键词越想越香艳。脱离日常生活轨道的陌生感带给小康莫名的新鲜刺激，他越靠近酒店越兴奋，差点儿在路边的鲜花店买束花送给燕妮，可惜身上没带现金，而鲜花店也不能手机支付。鲜花店旁边的烟酒行小康常去，可以手机支付，可惜烟酒都是此时的违禁品。

小康走进酒店，看了眼前台，发现前台的女服务生也在看自己，赶紧低下头，快步走过去，像个去偷情的男子。

小康走到 123 房间门口，门虚掩着，推门进去，关上门。房间没人，卫生间传来淋浴的声音。小康看着简陋狭小的房间，一下子回到了现实，他甚至能听到到体内积攒起来的斗志潮水般退去时“哗哗”的声音，一点情绪都没了，脱了裤子和衬衫上了床，只想赶紧完事赶紧回家。

有人按门铃，小康以为是服务生，起身去开门。

门外站着一个四十多岁的大姐，丰乳肥臀，戴着近视眼镜，画着浓妆。

“你找谁？”小康看是个女人，连忙将身子藏在门后，只露个脑袋出来。

“错了，对不起啊。”大姐看着小康，彬彬有礼地道着歉。

小康关上房间门，回到床上，卫生间里水声停了，突然传来一个男人嘹亮的歌声，“终于等到你，还好我没放弃……”

“靠！”小康惊了，“腾”地从床上跳下来，抓起衣服和鞋，穿着内裤开门跑出房间。大姐正站在门外走廊里，拨打着手机。

“对不起，是我错了。您请进。”小康囧得不得了。

“没关系。常来玩啊。”大姐通情达理地冲小康笑笑，进了房间。

玩你大爷，小康从牛仔裤口袋里摸出手机，查看着微信，向走廊纵深处走了几步，急切地按下“132”房间的门铃。

“去哪儿串门去了？”燕妮看着站在门外半裸着的小康，不用问已经猜出了八九不离十。

“什么破地方。”小康终于见到了亲人，松了口气，进了屋，赌气地把衣服鞋子扔到地上，“我怀疑刚才撞上的是我们学校的老师！”

“不会这么巧吧？”燕妮把“免打扰”的牌子挂在门把手上，关上门，“有几个人偷情选在家门口啊？”

“也是。不过就算离熟人远，那大姐看着也还是忒淡定了。哎，这么把年纪了还出来偷情，你说，是该替她欢喜呢，还是该忧伤？”

“跟你有什么关系？监控的事儿问了吗？”

“哦，对了，物业说跟领导申请下，让我再打电话。我给忘了，我现在打。”

“该管的事儿不管，不该管的瞎操心！”燕妮就听不得小康拖延，一听就搓火。

“下午我不是紧张吗，一紧张就给忘了。”

“咋又怪我头上了，我去之前就该打。你要是我员工，我早就把你开除了！”

燕妮是个行动派，这一秒能做的事绝不能拖到下一秒，她是这么要求自己的，也是这么要求销售部员工的，凡是有拖延症苗头的都没通过试用期考核，她的销售部也因此成为一个非常有战斗力的团队，连续三年超额完成销售任务。可是管天管地，就是管不了小康。

“所以，你不该把管团队的一套拿家来。家是放松的地方，老那么紧张着干吗？”小康反驳着，他特别烦燕妮总是向自己的拖拉开火，“你嫌我拖拉，我还嫌你转速太快呢，心慌。”

“上午该办完的事，这都拖到几点了，还没办，我催你，你还好意思说我转速太快？！”

“上午跟下午能有多大区别？要是司机拿了，迟早他得交出来，难不成，上午看到的视频他承认，下午看到的他不承认？”

“你这纯属强词夺理。拖延症又不是这一回，多少回了！第一次约会就迟到！”

“又倒，又倒。要不要从盘古开天辟地说起啊！”小康很烦躁。

“那太晚了！得从盘古他妈说起！”燕妮更烦躁。

14

夜店那一面后，小康和燕妮约着第二天一起吃火锅。结果小康在网上跟人下棋下得太投入，把事儿给忘了，等他想起来的时候，连拖鞋都忘了换就赶了过去，但是燕妮已经走了。他赶紧拨打燕妮的手机，发 QQ 信息，但是发现已经被燕妮拉黑了。

燕妮当然要拉黑他，第一次约会就迟到，好强的燕妮哪里受得了被如此忽视?

小康不能原谅自己的失礼，更不想失去这个让他动心的女孩。

为了做到为人师表，小康一直以完美形象示人，随时注意言谈举止穿着，尽可能不出任何纰漏。而他慵懒放松的自我只有他自己才看得见。这也是为什么一些女孩子追他但是他不敢接受的原因，她们喜欢的都是他扮演出来的角色，不是真实的他。他不舍得打碎自己在外人面前建立起来的幻象，担心接下来的局面会无法应对，所以只能一一拒绝，以致被怀疑性取向。但是燕妮不一样。几个连续不断不期而至的喷嚏将他以生活不能自理的形象抛向了燕妮，而燕妮不仅不介意，还及时伸出了援手，他想抓住这双手。

小康没有别的任何途径可以找到燕妮，只好求助自己的白富美学生。白富美答应立即帮忙寻找，还很懂事地不问原因，但是那天前前后后去了两百多人，她需要小康提供那个女孩的特征。小康想到了高领毛衣，两百多人，也就自己和燕妮傻傻地穿了高领毛衣，没想到却成了唯一的线索。

寻人启事

昨天在“亲密爱人”的生日聚会上，一位帅气的王子遇见了一位美丽的女人，只可惜惊鸿一瞥，女人便消失在了人海中，唯一的线索就是女人穿着黑色高领毛衣。有谁认识麻烦转告她，她的王子在找她，找得好辛苦。

小康以为白富美学生会帮自己私下打听，没想到她竟然公开地在QQ空间发了这样一条招摇过市的“启事”，虽然没有直接提到他的名字，他还是看得心惊肉跳，羞得没处躲没处藏的。这样的文字和这样的做派都是白富美学生的风格，不是小康的，小康只能怪自己话没说到，发都发了，让学生再撤回来会显得自己太不男人，四处跟人解释更不男人，小康只能豁出去了。

QQ空间好友交叉覆盖的情况比小康想象的严重得多，喜欢凑热闹的人也比小康想象的多得多，每次转发还都被转发者加上了个人的主观感慨，什么“真爱就该这样追”啊，什么“现代版王子和灰姑娘”，什么“愿有情人终成眷属”啊，什么“夜店的爱不看好，找了也白找”啊，小康哭笑不得。

后来这事儿不可避免地在校内网被传为了追爱佳话，传了很久，学校的女老师见了小康笑得更美了，男老师见了小康竖起了大拇指。最过分的是女学生们，追着要跟小康拍照，被小康严辞拒绝。不知道是有意还是偶然，那年冬天，学校里穿黑色高领毛衣的多了很多。

小希很快就看到了这条“启事”，她立即把信息复制粘贴给燕妮，又兴奋地给燕妮拨通了电话。

“我亲爱的灰姑娘！你是不是把水晶鞋落在舞会上了，你的王子在满世界找你！”小希大呼小叫。

“我看到了！不是王子和灰姑娘，是痴女和渣男！”燕妮气愤地跟小希讲了经过，“说好的约会不去，事后又满世界找，还写这么酸的文字。看着挺低调一人，没想到这么会给自己加戏！不见！”

“原来是这样！不见！”小希听了也很生气。

小希的同事听说小希认识故事的女主人公，都围着她打听燕妮的长相，小希除了把燕妮夸成花，也把小康放燕妮鸽子的事儿说了，大家忿忿不平，纷纷表示这样的男人靠不住。正说着，有人来找小希，正是小康。小希和同事们看到小康真人后，立即被他清秀的脸庞和羞涩的神情折服，不约而同地倒戈了。小希在象征性地批评并警告了小康几句后，很没原则地把燕妮公司的地址给了小康。

燕妮从售楼中心走出来时，正下着雨，雨很大，她没带雨伞，犹豫了一下跑进雨里，准备冲向几十米外的地铁站。一个男人追上来，将一把伞遮在了燕妮的头上。燕妮扭头去看，是小康。

“对不起，燕妮。”小康说。

“我不认识你。”燕妮说。

燕妮好像早就知道他会出现一样并不意外，心里也似乎暗暗在期待这一刻的到来，于是再次冲进雨里。小康在后面追。小康人高腿长步幅大，燕妮想甩开他还不太容易。于是一个在前面跑，一个举着伞在后面追，到地铁站时，俩人谁也没沾上伞的光，不仅头发和上身都湿透了，裤脚上还被溅了很多的泥点，特别狼狈。

燕妮后来告诉小康，她其实越跑越后悔，因为雨实在太太太大了，在大雨里跑很难受的，她特希望小康伸手拽住自己的胳膊，但是小康没有，他只会跟在后面傻追。燕妮后来很长一段时间一直管一根筋的小康叫傻康。她倒是喜欢小康的这个品质。

燕妮站住等地铁，小康站在她身边。

“我不是不重视你，我是真给忘了。”小康特别真诚地道着歉。

“用忘记的方式来表达重视，好特别，心领了。再见。”燕妮揶揄着小康。

“哎呦，你看我这嘴！”小康很沮丧，“但是我想起来的时候特别后悔还自责！”

“好了！你已经找到我了，可以去发 QQ 空间，告诉大家你被我无情地拒绝了。放心，伤心王子的形象更受欢迎。”

“哎呀，我就担心你这么想。我说那不是我写的你信吗？”小康把自己找白富美学生帮忙的事儿告诉了燕妮。

“我不信。”燕妮说得十分坚定，但她是信了的。

老话说人怕见面。本来在想象中特别严肃和恼火的事儿，见了面一说，会发现其实也没什么大不了，不都是抹不开面子嘛，尤其在不是很熟的时候，这跟长得好不好关系不大。

地铁来了，燕妮上了车，小康也跟着上了车，站在燕妮身边。

“你跟着我干吗？”

“我也不知道。哦，咱们去吃火锅吧。”

“你想不吃就不吃，你想吃就吃，没门。”

小康不说话了，就在燕妮身边站着。

“你走吧，我不想再看见你了。”

“不。”小康嬉皮笑脸的。

“放心，我是不会让你知道我住在哪儿的。”

“对啊！”小康好像被提醒了，整个人都有了目标，诡谲地笑了起来。

燕妮被小康气得哭笑不得。中转站到了，呼啦啦上来很多人，燕妮趁着人多下了车。车门关上车启动时，燕妮站在站台上看着小康在车厢里寻找着，特希望他猛抬头发现自己，但是这一幕没有发生。

第二天燕妮下班时，小康又在门口等着了。这次燕妮下班前，专门去卫生间补了补妆，不过她还是选择在中途下了地铁，然后进了家拉面馆吃拉面，小康也坐下来一起吃。等小康突然想明白燕妮上卫生间是借口时，燕妮已经没影儿了。

第三天燕妮在一家大型超市下了地铁，小康亦步亦趋地跟着。结果在排队等待结帐的时候，一回身发现燕妮不见了。

“没看出来，你还是个调情高手。”小希说。

“啊？！不会吧？”燕妮无法消受小希的赞美。她们俩毕业后继续一起合租，无话不说。

“少谦虚！你要真想脱身，走公司后门不就行了，一准儿能把那傻小子甩个干干净净。你就没想甩，你就想逗人家玩。”

“哈哈，是啊！被看穿了。”

“看起来好像他是猎手你是猎物，其实正相反。他被你耍得团团转，又欲罢不能，你才是猎手。逗弄着自己的猎物玩，不是调情高手是啥？”

燕妮从小希的角度想了下，好像还真是这么回事儿。

“既然你由衷地肯定我，那我就认了。不过我可不是故意要调情，我就是气不过被放鸽子。”

“你就不怕他觉得累了，跑了？”

“跑了就跑了呗。我还真不怕。”

“这就是你的厉害之处，我就不行。要是搁我，第一天就带回家了。我也知道越这样男人跑得越快，事实证明也确实如此，可是下次我还是这样。”

不管被多少人追求，不管谈过多少次恋爱，小希的安全感不仅始终没有得到治愈，而且次数越多，每一段的不确定性越大。越不确定越想抓住，结果越抓不住，小希似乎进入了一个走不出的怪圈。

结果第四天小康没来，第五天也没来，燕妮觉得空落落的，开始后悔了。

“后悔了？”

“没有。好吧，是有点儿。”

“我说什么来着，差不多行了，别太作。”小希说。貌似特别有作的资本的小希从来不敢作。

“他要是这么点儿小考验就经受不起了，还谈什么以后。”燕妮心里已经非常把小康当回事儿了。

“你认真了。”小希果然有经验，看出了燕妮的心思。“当心哦，长得太帅没不花心的。大学外语系的女生漂亮的多了去了，还年年有新货供应，万花丛中过，片叶不沾身，他做得到吗？你得多大的神经才受得了这个刺激啊？连我想想都觉得特别辛苦。”

小希恋爱谈得太多，谈出了一堆经验和更多的教训，这些事儿燕妮还没认真考虑过，她现在心心念念就是想看见小康。

第六天燕妮休息，她做了大半天的思想斗争，才决定不倒休。不过这一天过得相当不安稳。第七天，燕妮的班上得恍恍惚惚的。终于下班了，燕妮正收拾东西准备走，忽然看见小康站在跟前，心咣当就落停了。

“咱们好歹也算认识了，你能不能把我移出黑名单？”小康有些生气。

“我没看出必要性来。”

“那我告诉你，你昨天没来上班，我还以为你病了！问你公司的同事，他们也不清楚。我担心了一天。”

“夸张。真担心，一早打电话来公司问问不就行了？”

“我为什么要打电话？我自己来不是更好吗？我看着你一边往嘴里塞肉饼一边进了公司我才走的。吃得那么急，也不怕噎着！”

“不是肉饼，是肉包子。地铁里挤成饼的。”

“少转移话题！你再不把我移出黑名单，信不信我一着急还发 QQ 空间！”

小康脾气上来还挺男人的。有个人能为找不到你动了肝火，燕妮有点儿被感动了。上一次被这样感动是什么时候，燕妮记不起来，可能根本就没有过。俩人终于正常地安静地吃了顿火锅。

15

“我没倒！我就是简单地提一下！提一下你就受不了了，你想过我是怎么受过来的吗？”

“那是你的认识问题。今天的事儿为什么非得今天办，今天的事儿今天办了，明天还有明天的事儿，那岂不是天天都在忙着办事儿，没有了自己的时间？”

“先把事儿办完，就是为了要有自己的时间。”

“事儿是办不完的，时间都用来办事了，活什么呢？有些事不用急，水到渠成自然就成了。一天到晚急吼吼的，赶啥哩？”

“还好意思说水到渠成？怎么着，咱们自己丢了东西，不着急找，等着水流到别人的渠里，别人再主动给你送回来是吗？”

“我没说不打，我不是说了这就打吗？你这一叨叨，又晚了几分钟。”

“你要改了这毛病，我还用叨叨吗？你以为我想叨叨啊，每天在公司就说话说得口干舌燥，我倒想回家清静清静呢！”

“要想清静就得把节奏降下来，不降下来清静不了。咱们开房间不是用来吵架的，我要打电话了。”

小康打电话过去，物业的人告诉他，跟他对接的人已经下班了，自己不了解情况。燕妮接过电话复述了一遍，物业的人答应马上去跟领导汇报申请一下，一会儿会电话告知。

“我说啥来着，凡事不赶早，还得等！”

“等会儿就等会儿呗，有差吗？”

“怎么没差，万一昨晚的监控视频被覆盖了怎么办？！”

“一般都保留一周呢！怎么可能这么快就覆盖。”

“你又不知道咱们小区监控设备的内存多大，万一不一般呢？一点儿忧患意识没有，真不知道你是怎么活到这么大的。”

“你忧患意识倒是强，强到分分钟提着气过日子，有意思吗？”

小康刚说完，就听到隔壁房间传来关门声，接着是喘息声、呻吟声。果然是经济型酒店，墙壁都如此经济。小康和燕妮忽然都不说话了。

小康手机响，来电显示“物业”。

隔壁的声音突然就听不见了，小康很有罪恶感地接起手机，压低声音接电话。燕妮凑过去听着。

“喂，我是。”

物业的人说，跟领导汇报过了，为了保护其他业主的隐私，他们需要在物业保安队长的陪同下查看监控录像。保安队长六点就下班了，而且因为磁盘容量有限，监控录像只保留二十四小时，今天不看明天就看不到了。

“我说什么来着！”燕妮压低声音数落着小康。

小康没好气地挂断电话，不说话。

“已经四点半了，必须得赶紧走了，不然路上万一堵车，六点前就赶不到了。抓紧吧，还等什么？”燕妮继续压低声音说话。

“我不！”小康发出了自己愤怒的吼声。

小康犯起了拧，穿好衣服，摔门自己走了。燕妮不能走，还有押金在前台，她得结账。花了二百五十块钱开了间房吵架，怎么想怎么不值。

燕妮没在酒店停车场看见小康，他一定是自己去搭公车了。燕妮开车回了家。

监控录像显示，燕妮还真冤枉了出租车司机，行李确实被她拎下了车，一路拖着进了小区，进了单元门，进了电梯，出了电梯，进了防火门，这之后不再有监控。也就是说，行李只可能消失在防火门之后，防火门之后只有两户人家，难道是自己开门进家把行李忘在门口，被对门拿走了？因为长期缺觉，燕妮越来越健忘，怎么也回想不起来当晚到底发生了什么，但是推理下来，也只有这一种可能了。这样反倒更麻烦了，难道要去敲邻居的门，要他交出行李吗？虽然在这里住了快五年了，但是对门一直在出租，最新的租户燕妮连面都没见过，燕妮希望物业可以出面帮忙协调，物业说可以，但需要燕妮先给出证据，证明自己没有把行李拎回家。

燕妮给不出，很郁闷。

小康稍晚点儿也回了家，虽然情绪没有调整过来，还是主动跟燕妮把该办的事给办了，全程不说话。冷战。

16

冷战还没结束，燕妮就要飞去厦门张罗新店开张的事儿，这次跟她一起去的还有销售部的两个员工。马鹿把机票都订了，燕妮才想起身份证的性别还没改过来。去派出所改已经来不及了，燕妮只好提前到机场，以丢失为由，在机场申请了临时身份证，没想到机打出的证件性别一栏还是男。机场的公安只好给燕妮做了备注，并盖了章。

燕妮感慨，觉得公安系统的计算机倒是跟自己心意相通，知道她想当男的。作为一个事业女人，燕妮不觉得自己沾了什么做女人的光，反倒背了伤。在做售楼小姐的过程中，因为姿色中上，很多人在签单的时候都想顺手揩把油。燕妮没处理好，因此丢了好多单。男人这方面的烦恼不会没有，但会少很多，精力也会更旺盛，还不用为每月一次的痛经遭罪，当然，更不用怀孕生孩子，可以毫无顾虑地往前冲，这让燕妮很是羡慕。

厦门的专卖店终于开张了，牛总和袁总专程飞过来参加开业仪式并剪彩，一起来的还有牛夫人、牛夫人的裴姓闺蜜，牛总两岁的儿子，岳父岳母和家里的农村小保姆，阵容浩浩荡荡的。

剪彩仪式上发生了点儿小不愉快。

燕妮本来安排了七个礼仪小姐，六把剪刀，由牛总、袁总、燕妮、厦门店店长和两位当地的相关领导一起剪彩，但是牛夫人盛装出席并且当仁不让地站在了燕妮的位置上，还招呼着闺蜜裴总一起。裴总三十大几四十来岁的样子，中等身材，寸头，丧着一张脸，不爱做表情，爱穿色彩鲜艳的衣服，戴造型夸张的首饰，难得的是搭配出来的每个造型都大胆且不俗，但是燕妮怎么也感觉不到她的人味儿。牛总对发生在身边的一切权当没看见，燕妮只能走开。

“杨总，她怎么能抢您的位置呢？这跟她有什么关系？”一个员工说。

“还带着闺蜜一起，公私不分，真丢人。”另一个员工说。

“没事儿，不是什么大事儿。”燕妮口是心非地笑着说。

让燕妮更不愉快的事儿发生在回程的飞机上。

燕妮和牛总一行人搭乘同一班飞机飞回北京，因为孩子不听话，哭闹着就是不肯离开酒店，大家赶到机场的时候差点误了航班。燕妮和两个员工跟在牛总一行人后面上了飞机，燕妮习惯性地跟着一行人左拐去头等舱，但是被空姐拦住了。

“对不起，您的座位在这边。”空姐看着燕妮的机票，微笑着伸手将燕妮引向经济舱。

燕妮看了看机票，才发现自己的座位确实在经济舱。燕妮像挨了一记闷棍一样，她都不记得自己怎么右转找到座位的。燕妮和两个员工坐在一起，而牛总、袁总、牛夫人、裴总，牛总的岳父岳母，保姆带着孩子都在头等舱。按照公司规定，燕妮这个级别出行至少应该是公务舱的，飞机没有公务舱就坐头等舱。这个规定自打燕妮进公司起就在执行，没变过，今天这是咋了？

燕妮压抑着心中巨大的憋屈在座位上坐下，她不是太娇气坐不了经济舱，但是这样被华丽丽地从核心阶层踢出来，剥夺原本该有的待遇的感受搁谁也受不了，尤其还当着自己两个手下员工的面，这会向大家传递什么信号呢？两个员工学乖了，上了飞机就装睡，啥也不说。燕妮连个口是心非的机会都没有，她决定回到公司问问袁总这个事儿，就算被认为太过计较，也得计较计较。

飞机起飞了，燕妮正在闭目养神，有人碰了碰她，睁开眼，是袁总。

“杨总，你怎么坐这儿了？我还以为你没上飞机呢。”

“怎么，不是您安排订机票的吗？”燕妮说。

“嘿嘿，过钱的事儿以后都不归我管了。岁数大了，我脑子不好使了。”

燕妮又看到了那意味深长的笑。

“牛总让我跟你换个座位，要跟你说点儿事。”

“跟牛总说我不舒服，不过去了。”

“成。坐那边也麻烦，那熊孩子闹得啊，头都大了，你好好休息吧。”

看着袁总的背影消失在头等舱的布帘后，燕妮的心失落得发疼。

17

下午三点飞机降落，轮到燕妮下飞机的时候，头等舱的乘客已经都走光了。虽然手上的工作一大堆，燕妮这次选择直接回家，也放了两个员工的假。她需要缓缓神儿。

出租车在小区门口停下，燕妮看到了等在那里的小康。

“我怕你又丢三落四的。”小康说。

燕妮差点给暖哭了，瞬间就把冷战给忘了。小康虽然有拖延症，但是凡事都有两面性，喜欢拖延的人都慢，而一旦慢下来，就能关注到细节。知道燕妮睡眠不好，主动给燕妮的房间换了个十分遮光的窗帘，让她周末能多睡会儿；还会跟钟点工布置每周菜单，想办法给燕妮增加营养。事情都很小，点点滴滴的，小到燕妮甚至回想不起来，但是累积的感动是在的。

“终于碰到对门的租户了，在电梯里碰见的。”

“哦，什么人？”

“是个女的，二十多岁。”

“像是干吗的，长得好看吗？”

“不好看。看不出，白领？”

“你觉得会是她拿的吗，行李？”

“我也一直在想这个问题，不知道。”

“说话了吗？”

“没。我哪儿好意思跟不认识的女孩说话啊。她一直低头看手机，下了电梯就直接开门回家了，走我前面。”

“家里还有别人吗？”

“不知道。”

“穿的好吗？”

“没注意。”

“像有钱人吗？”

“看不出啊！这怎么能看出来？”

“能看出来。”

从一个直男嘴里打听一个陌生女人，给出的信息约等于零。

“那怎么办？跟她交朋友，找机会进到她家里搜查？还是——在门口安个监控探头？”

“啊？！”小康惊着了。

“当然不会，我就是着急，这么一说。”

当你恨一个人的时候，你脑子一定闪现过九百种方法弄死他，但并不代表你真的会做，更多的是一种情绪的宣泄。下作的事儿偶尔闪过脑海，但并不会真的实施，就还是有底线的上等人。

燕妮和小康下了电梯，一个个子高挑的女孩正在等电梯，双方擦身而过，电梯带走了女孩子。

“是她吗？”燕妮问。

“好像是。”

“天，这叫不好看？”

“不好看。”

燕妮心里咯噔一下。那女孩不仅好看，简直可以称得上是令人惊艳的大美女。大长腿，小脸蛋，白嫩的皮肤，水汪汪的眼睛带着一丝哀怨，燕妮看了都几乎要动心。这样的美女小康说不好看，燕妮只能认为他心里有鬼。尤其那女孩还认真地看了小康一眼。

燕妮进了家，什么也没说，但心头像被压了块无形的大石头，莫名地紧张起来。邻居是个超级美艳大美女，这无疑是人间不幸之一。对女人来说。

燕妮迅速盘点了一下自己跟女孩之间的实力对比，除了岁数比人家大，几乎没有任何一处高于人家，女孩偷了衣服也就罢了，如果真的要偷小康，自己将没有任何办法。

自己整天不在家，小康整天在家，念及此，燕妮更觉紧张。长久以来，燕妮几乎把全部的精力都用在了工作上，家就是用来休息的地方，她对家投入的关注并不多，家永远在那里，小康永远在那里。现在燕妮忽然意识到情况并不一定如此，家也得花时间，可是她没有时间。

18

燕妮选择跟小康结婚，当然不全是因为迷恋他的语言能力。她可不是个会被爱情冲昏头脑的女人。

燕妮的爸爸是个图书出版商，妈妈是报社的编辑，结婚后辞职做了全职太太。燕妮十岁那年，爸爸跟妈妈离了婚，燕妮归了妈妈。妈妈在婚姻中消耗太多，又与社会脱节多年，完全无法适应社会，只能终日在家以泪洗面，得了抑郁症。妈妈的一个闺蜜失婚后在山里租了个院子，收养救助流浪狗，要妈妈过去帮忙，妈妈答应了。每天照顾狗狗，感受着它们给自己的爱，妈妈整个人才渐渐活了过来。

“狗比人强。它们不会背叛你，它们会爱你一辈子。”妈妈跟燕妮说，“不要来看我，也不要打电话，什么都不要，就当我们俩不认识。我不想想起你爸爸。我宁愿自己没生过你。”

燕妮一开始没听妈妈的话还是去看她了，她以为那不过是气话，说过就过了，但是她离开后，妈妈的抑郁症犯了，又开始失眠。燕妮被吓到，不敢再去，但是每月都会寄钱寄东西。爸爸离婚后一直一个人，没敢再结婚，两年前脑溢血死在家里，第二天才被家里的钟点工发现。

“你恨你爸爸吗，他抛弃了你跟你妈？”小康问过燕妮。

“小时候恨我爸，长大点了连我妈一起恨，现在我同情他们。”

“为啥？”

“我怀疑我妈是生我之后得了产后抑郁症，一直没治。我妈说，她生我的时候我爸都没在她身边，本来说好要去的，结果我爸喝多了就给忘了。结果我妈还难产，折腾了八个小时才把我生下来。”

“我这么说可能不好，但确是你老爸不对。”

“我爷爷奶奶姥姥姥爷都去世得早，只能我妈一个人照顾我，整个月子里，她每天也就睡俩小时，我再大了点儿身体不好，老是生病，我爸又老是出差，我妈说她只能自己抱着我去医院，不管刮风下雨还是下刀子。我妈说她跟我爸抱怨过自己带孩子太累，我爸说没见她干吗啊，说每个女人不都这样吗，说我妈太娇气。我妈说她听完这话气得抱着我就要跳楼，被我爸拦住了。”

“天……”

“我能记事的时候，就记得他们俩经常吵架，我妈说得最多的话就是‘你不如以前那样爱我了’，‘我以为婚姻可以拯救我，没想到却毁了我’，她举着婚姻这把大锤准备随时砸我爸，我爸工作确实忙，应酬也多，他本来就爱跟哥们一起混，吃饭喝酒打牌大保健，后来大概因为躲我妈，回家的次数越来越少，经常一两个月都不回来一次。我妈最盼望的是春节，我爸没地方去只能回家，她就可以放开了跟我爸天天吵，吵得比炮还响。我爸说我妈，生个孩子就以为自己立功了，说她是闲的，说自己不会找小三，但真心希望我妈能养个小白脸，他出钱，愿吵吵愿亲亲，愿意干啥干啥，那样至少天下太平。”

“你爸你妈这真的就是，就是一对不该在一起的冤家啊。一直认为不是冤家不聚首这话特别有喜感，没想到这么疼。”

“如果世界上有十亿人，就会有至少十亿个问题，如果两两结婚，问题会少一半，世界稳定。”

“问题没有少一半，只是一些个人对社会的问题，转化成两人之间的问题。”

“不是所有的人都适合结婚，就像我爸妈，但是他们也不适合一个人过。我一直在想，如果当初不是一夫一妻，多几个人一起过，我妈不会那么寂寞，我爸不会压力那么大，不会死了都没人知道。是不是我会比较幸福？”

“你太反社会了。不过，没有反人类。确实，两个人未必能合成一个圆，几个人能合上也不知道。可是人多了问题更多。”

“也是。眼睁睁地看着两个那么优秀的人互相伤害，互相毁灭，没有人会不受刺激。好消息是，婚姻靠不住，女人得自立，这道理，别的女人，比如小希要摔好多跤，走很多弯路，在二十大几三十岁时才能明白，或者还是不能明白，我十岁就懂了。”

“你家太特殊了。我爸对我妈就特别好，一直特别好，是两个人对对方都特别好，平淡得完全没有故事可讲。这可能跟他们两个都是哲学系老师有关系，生活还没开始就都看到了尽头，一切争抢悲喜都是徒劳，努力也是徒劳。对我也完全是放养。”

“是你家太特殊了，至少在我认识的人里是。感谢老爸老妈影响出个你，让我不用费心。”

“我是上天派来弥补你的，弥补你童年受到的伤害。我会对你好的，我向你保证。”

燕妮相信小康说出承诺的这一刻是真心的，但是她并没有被感动，也不确定这个承诺的有效期，和小康是否有这个能力，她只相信自己。当初妈妈嫁给爸爸的时候，爸爸也一定给过妈妈承诺，结果呢？如果承诺没有明确规定违约责任，说得再漂亮，也只是一句空话。吊诡的是，如果真的像商业合同一样给承诺规定明确的违约责任，又削弱了所谓的爱的意义。况且，燕妮跟合同打交道打多了，知道再严谨的商业合同，照样会有毁约和钻空子的事情发生。

这个世界就是这么不讲理，只有把钱攥在自己手里才安心。燕妮从不浪费时间在幻想上，也拒绝多愁善感，上大学的时候就开始拼命挣钱，比同龄的女孩更早地奠定了自己的经济基础。如果不是遇上小康，燕妮根本不想结婚。

小康大学外文系英文专业毕业后，考了本校的外国语言文学研究生，毕业后留校当了老师，并准备在这里执教一直到退休。小康的稳定是燕妮最渴求的品质，她根本不在乎他没房子没车没存款，她有，虽然还不足够多，但是她有能力继续挣。

大学的外语系一向出美女，燕妮曾经很担心那些每年更新的小鲜花会扰乱了小康的心，后来她发现，自己的担心是多余的。小康是个特别怕麻烦的人，怕麻烦怕到可以连续两个月吃同一道菜不换样，可以任何活动都不参加，一个新的朋友都不交，平日除了和固定的几个老同学喝点酒下下棋，就是待在家里看书。燕妮觉得自己捡到了宝。更重要的是，燕妮明白担心是没用的，要想不担心，只有自强不息。

小康上学的时候交过一个女朋友，是同班同学，俩人一起毕业，一起考研，又一起留校。工作几年后，女的开始抱怨小康不求上进，挣钱少。后来俩人分了手，女的嫁了个做拉链的商人，辞职移民去了加拿大。

这次分手丝毫没有改变小康，他一如既往地按着自己的方式生活。别跟小康谈励志，他的志向早就实现了。小康看起来好说话，其实内心主意很大，知道自己想要什么。这点也是燕妮看中的，男人没有准主意最容易被诱惑，很可怕。

凡事有利就有弊，小康遇事过于不争不抢，认为钱财职称啥啥的都是身外之物，不值得抛头颅洒热血。燕妮虽然和小康的价值观不同，但是她真心希望他不要改变。燕妮每天都要跟很多人打交道，每天都要处理各种变化，计算各种得失，随时处在动荡状态。她觉得自己是一刻也不停歇的行星，而小康就是不变的恒星，是定海神针，让她定心又定神，找到了归属感，这才是婚姻真正的意义。

燕妮问过小康为什么选自己，小康说燕妮敢想敢干，成熟务实，思维活跃，有行动力，这些都是他欣赏但又不具备的能力。燕妮确实有这些能力，但这些能力都不是燕妮天生的，是在反复的摔打中一点点从伤口中长出来的。自己的能力能被小康如此准确地提炼并欣赏，燕妮觉得很有成就感。

燕妮的妈妈在外地不想见燕妮，小康的父母退休后，直接住进三亚的一家养老院，俩人也没啥共同的朋友。遇上节假日，平时整天宅在家里的小康想出去旅游，平时天天不着家的燕妮却只想好好在家睡几天觉；俩人兴趣爱好不同，话说得越来越少，燕妮也越来越意识到孩子对家的纽带作用。

用孩子稳固家庭，作为事业小成的独立女性，燕妮一直十分高傲地鄙视过这个想法，但是走着走着才发现，俗套比你更强大更有生命力，成心回避它，代价太大。不靠孩子靠什么呢？靠自己已经被审了七年的美，还是靠小康人性的伟大？人性没那么伟大，都差不多。对于小康这样一个对物质无感，时间又充裕的人来说，闲着会闲出事儿来的。

未雨绸缪，粮草先行。他们已经行了一段，可惜还一无所获，燕妮暗暗着急。

19

小希终于给燕妮回了微信。

“给孩子买的衣服收到了，好看，就是有点儿大，不过孩子反正还得长。”

“喜欢就好。什么时候回来？我给你找了个工作。一个朋友的出版社需要个总编助理，你可以去试试。”为了避免陷入对回复的无尽等待，燕妮拨通了小希的手机。

小希坚持到怀孕第六个月的时候，再也瞒不住了，就辞了职，退了租的房子，回老家找男朋友待产了。

“你猜我昨天晚上干了件什么事儿？”小希有一天打电话跟燕妮说，“我把他的车砸了！”

“啊？为啥？”

“他说晚上加班不回来了，我越想越不对，半夜一点钟还没睡着，就去了他妈家楼下，果然看见他的车了，他根本没加班，他回了他妈家。我就捡了块砖头把车的后视镜给砸了。”

“天，你也太虎了吧。他为什么回他妈家？”

“他以前一直跟他妈家住。我为了他放弃一切，他竟然这样对我，必须给他点颜色看看！我就不明白了，他找了我还有什么不满足的，竟然这样对我！”

小希有执念，认为付出就一定有回报，没有得到，就要想办法得到。

“你是不是逼他逼得太紧了？得给他个透气的时间。”

“每天早出晚归的，还嫌在外面透气透的不够啊！我觉得他不像开始那样爱我了！”小希嘴皮子厉害，一般人说不过她。

燕妮又想起了那张小鸟依人的照片，小希一定是想每时每刻都沉浸在那样的爱意里，这个要求未免太高。大概长得漂亮的要求都高吧。

“得让他慢慢进入角色。不管你条件多好，想把自己的意愿强加给对方的时候，主被动地位一下就变了。”燕妮话说出口的时候，自己也很惊讶，怎么忽然就像个情感专家，头头是道了呢？而这其实不过是刚刚想到的而已。以人为镜，可以知得失，果然。

“他不是小康。不是每个男人都是小康，不管不行。不怕的，我掌握着分寸呢。”小希经验丰富，油盐不进。

一个大城市的美艳少妇，挺着大肚子走在县城的夜路上，手里拎着块板砖，用砸男友的车的方式来争取爱情，燕妮怎么也不能把这个形象跟小希对上。她不是应该穿着夏奈尔挺着大肚子坐在奔驰车的后座上，由司机开着，行驶在北京的长安街上，去某俱乐部赴朋友的饭局才对吗？

“不对。”小康说，“我要是有钱人，我不找她这样的。”

“为啥，她那么好看？”

“太作了。累不累啊。你知道的，有钱人都忙得要死，一个个压力大得要命，谁会花时间给她感情上的安全感？”

“也是。我认识的有钱人也是，一天恨不得工作二十五个小时。别说别人了，就说牛总吧，多少年了每天只睡四个小时，还空中飞人一样整天飞来飞去不在家，才四十，就常年的胃病。想要这样的人花时间花精力跟她谈情说爱，陪她治心病，确实太不现实了。”

其实何止有钱人，没有钱的人，比如小希现在的男人，不也照样做不到吗？真爱确实难寻。是难寻还是根本就不存在，又或者彼此理解有差别，又或者配额有限，几世修行轮一回？没人能够回答。小希不在乎钱，但她要的东西比钱贵。

“现在还不行。孩子还没断奶。每天喂奶喂得特别地累，她太小，觉短，睡一会儿就醒，醒了就哭，三个多月了，我就没睡成个完整觉。别说工作了，我连自己能不能活到明天都不知道。”小希在电话里跟燕妮抱怨。

“天，这么辛苦，你怎么坚持下来的？”

“孩子啊！不管多累，看着孩子就什么都忘了。”

燕妮听到了小希特别真实的满足。生孩子前，小希信誓旦旦地说，当全职太太没有安全感，等孩子三个月了，自己一定要回来干事业，还让燕妮帮她找工作。

“我就怕你到时候会舍不得孩子。你现在都舍不得了。”

“不会的，孩子反正都是我的。”小希当时说。

“没办法，孩子太小身不由已。”小希现在说。

电话那边突然传来孩子的哭声，小希连个结束语都顾不上说就挂了电话。燕妮想起还有事儿没问小希，就追了个微信，问下个月婚礼的具体日子定了吗，自己好提前安排时间。微信一直一直没有回复，这很小希。

自己的孩子就要自己带，小希固执地不请保姆。一则觉得小城市的保姆带孩子太粗糙，她看不惯，二则她受不了一个外人住在自己的小家里。即使是准婆婆，她也不欢迎。

“生孩子之前说什么也不见我，觉得我耽误了她儿子和她全家的前途。孩子生出来了，她来了，晚了。”小希说。

“晚，但是来了。让她帮把手你也不至于这么累。还可以跟准婆婆建立建立感情。毕竟早晚是一家人。”燕妮曾经劝过小希。

“不。那太便宜她了。就是因为是一家人，我才不能对她客气。我就要让她想看孩子但是看不见孩子，这样我才有话语权。”小希坚定地说。

釜底抽薪的是，孩子出生没多久，男朋友就被公派去一个小镇银行工作一年，这是升职前的必要过程。小镇距离小希现在的家有三个小时车程，男友只有周末才能回家。

“不早不晚地，偏偏现在去，我砸锅摔碗都留不住，肯定是他妈在故意整我。”小希跟燕妮说，“不过，就算他不走，每天一早就出门，晚上下班回来累得要死，也帮不上我什么。谁让我是女人了。”

出了月子就重返社会继续工作的女人不在少数，前提是寻求并且得到了各种帮助，家人的，社会的。在高度社会化的今天，孩子似乎不应该再成为羁绊女人的理由。但是所谓的性格决定命运，小希以自己的执拗，屏蔽了一切可能的支持，到头来只能把自己封在原地，自己累自己。所谓的男主外女主内，其实不过是女人既当爹又当妈。但是小希认为生活就应该这样，男耕女织，她乐在其中，别人也就没什么可说的了。

对照小希，燕妮觉得自己也过于执拗了，虽然方向不同。燕妮和小希这一对闺蜜，一个南极一个北极，一个不留神，都走得太远了，想回头没那么简单。况且也都并不真的想回头。

20

早晨八点钟，燕妮将车开进公司所在写字楼的地下停车场，提前一个小时到公司是燕妮多年的工作习惯。一个熟悉的身影从旁边的一辆高级跑车上下来，走进电梯间。燕妮认出了那个身影，是牛夫人的闺蜜裴总，记得牛夫人说裴总开了家珠宝店，生意做得很不错，牛夫人就是买珠宝跟裴总成了闺蜜。她来干什么，也在这个写字楼上班吗？来得跟自己一样早，看来也是个勤勉的女人。

燕妮进了办公室，一边吃早餐一边看简报邮件，并回复。八点半了，员工陆续来上班，马鹿又是早到的那一个。燕妮觉得还是得过问一下，她把马鹿叫到了办公室里。

“怎么不休息两天？”

“杨总，我还没做呢。”马鹿忽闪着永远惶惑的大眼睛说，“我还没想好。”

“哦，这个主意你自己拿，但是做了必须休息，这是命令。”

“知道了，谢谢杨总。对了杨总，我刚跟牛总新来的那个助理一起坐电梯上来，她说袁总辞职了。”

“啊，这么突然？知道了，你回去吧。”

燕妮快速地查看了下邮件，没有关于袁总的任何通知，于是起身快步走向袁总办公室。

燕妮跟袁总没有私人交情，但辞职这么大的事儿，去关心一下是必须的，毕竟共事了三年多，从来没有过矛盾，而且以后再见的机会也接近于零。燕妮跟公司签了三年的合同，还有三个月就到期该续签了，牛总曾经跟她谈过，希望她能留下来做主抓业务的副总，顶替袁总，工资翻倍，让袁总当副总裁，明升暗降。袁总为什么会辞职呢？按说他这样的寄生类生物是不会主动辞职的，因为辞了没法独立生存。公司里每个人都在与时俱进地成长着，除了袁总，他的成长大概在高考后就全部完成了，而酒量又随着年龄的增长在减退。该不是身体出了什么问题吧？又或者跟牛夫人所谓的“气场说”有关？要真是这样，燕妮决定仗义执言一把，帮袁总在牛总面前说几句话。她不想自己有路走，别人没饭吃，那样太不仗义。

燕妮敲敲袁总办公室的门，一个女人的声音传出来。

“请进。”

燕妮一愣，推门进去，袁总座位上坐的是裴总，正在看资料。办公室已经大变样，公司统一配置的简约美式沙发、办公桌、书柜，包括墙上的装饰全都换了，换成了大色块的现代派风格，跟裴总的穿衣风格保持着一致，清冷中满载着侵略性。这是一个只按自己的节奏和套路走的女人。

“是杨总啊，快请进。”裴总声音依旧清冷，不起身。

“哦，不了，我是来看袁总的。”

“他昨天夜里辞的职。”

“是吗？这么突然。”

“不突然，一个月前就已经通知他了。他跟牛总开出一个很高的赔偿金，不答应就赖着不走。还好我发现了他报销款里做的手脚，虽然钱不多，但性质恶劣，他就没话说了。喝咖啡吗？”裴总说着起身去倒咖啡。

袁总茶几上的茶海也不见了，取而代之的是墙边条几上的研磨一体咖啡机，比公司茶水间的咖啡机还高端。

条几旁，袁总养的滴水观音还在，但是一夜之间，饱满的叶片已经开始发黄，裴总的杀气不可谓不重。燕妮想起了发生在厦门时候的一件小事儿，牛总一行人去海边散步，一只小海鸟溜溜达达到裴总跟前，结果裴总抬脚就把海鸟踢飞了。这一幕燕妮没有亲眼看见，她是后来听同去的员工转述的。因为这事儿，燕妮后来不再跟她多说一句话，看都不想多看她一眼。

“哦，不了，谢谢。那我先走了。”

“等等。以后袁总的工作就由我来接手了，你没有什么要跟我说的吗？”

“暂时没有。”

袁总跟牛总是大学同学，室友，曾经跟着牛总一起做外贸公司，后来牛总出国留学把公司交给了他，结果被做倒闭了。牛总回国后，袁总又跟着他一起做现在这家公司，属于公司元老级别，没功劳也有苦劳。在报销上做手脚固然不对，但就不能提出让他改正，非要以这种方式逼他退场吗？裴总想强势进入，就不能再设立个职位给她，一定要这么残忍地有她没别人吗？

燕妮在走廊里遇上了牛总，心里不爽，不想说什么，打个招呼就想走，但是被牛总叫住了。

“小杨。老袁辞职了。”

“我已经知道了。”

“哎，真没想到，我对他不薄啊，他怎么可以这样对我？真是太让我失望了！”牛总摇摇头，叹了口气，“裴总接手他的职位，她这两天先熟悉一下公司的情况，下周一例会我会正式宣布的。”

牛总说完快步走了，就像从来没有跟燕妮许诺过什么一样。

牛夫人说裴总是坚定的独身主义者，一辈子不婚也不孕，只想干事业。作为一个女强人，裴总显然比燕妮走得更远，更极端，不是一般人。燕妮本来就不喜欢她，更何况她抢了本该属于自己的位置。上升通道被卡死，自己的前途在哪儿呢？燕妮心事重重地回到座位上。

一个靠窗座位的员工突然大叫一声，“有人跳楼了！”其他的员工听见，纷纷跑过去，站在落地窗边向下看着。

燕妮没有动，她已经见怪不怪了，如果当事人觉得生不如死，难道不应该尊重他的选择吗？这里写字楼林立，公司密集，每年都有至少两起跳楼的，燕妮想不通的是，为什么要以如此刚烈的方式结束自己的生命，活着已经很不容易了，就不能让自己死得好一点儿舒服一点儿吗，跳楼，多疼啊。有人倒下就有人顶上来，一切依旧按部就班，依旧精致优雅。

“亲戚或余悲，他人亦已歌，死去何所道，托体同山阿。”但燕妮不想死。

21

再简单的事儿一旦变成了任务，就不简单了。还有一两天才到日子口，燕妮和小康已经提前紧张起来，开始用验孕纸做测试。可惜总是阴性。俩人都有点不甘心，燕妮还是决定到鲍大夫处检查检查。

鲍大夫身后白板上的数字已经升到了105。

检查结果还是阴性。

“别气馁啊，你才来我这里两个月，人家那些怀上的，有些都在我这儿看了一年了。”鲍大夫笑嘻嘻地递给燕妮一块巧克力，“相信我，你没问题的，来，吃块糖，放松下心情。”

到鲍大夫这儿来是才两个月，但燕妮之前已经自主忙活五个月了，七个月上不了停，人困马乏，觉得受够了，完全不敢想再坚持一年会是啥样。想来这两个月，鲍大夫最有技术含量的工作就是B超监测排卵，但这个燕妮是不想再做了，再做人真的就魔怔了，至于口服药，这两个月开的也够吃两年的。

“鲍大夫，您说试管婴儿靠谱吗？”燕妮主要是来咨询这个的。

自力更生不行，借助外力还不行，燕妮便开始想寻求科学的帮助。她已经在网上查了一些资料，但还是想听听大夫怎么说。

“不靠谱！试管婴儿技术才多少年，世界上第一个试管婴儿 1978 年才生下来，现在才多大？比我儿子岁数都小，她还没过完一生呢，到底会出现什么问题，都不知道呢。世界上第一个自然怀孕的现在多大？你说你该相信哪种办法？”

鲍大夫是个坚定的保守派，已经停止吐故纳新了，而燕妮还处在愿意接受并信任新鲜事物的年龄，内心里对保守派十分抵触。

“我是想速战速决。战线拉得太长，不太吃得消。”

“再试几个月，别这么轻易就放弃自己。试管婴儿的战线可能更长。试管婴儿的成功率也就百分之二十，就是说做五次，才有一次成功的机会。还贵。你也不是太老，不能急，越急越不好办。”

燕妮和鲍大夫对放弃一词的理解也不一样，燕妮已经不想去努力跨越两人之间的鸿沟了，做过多的解释，太累。

“家里老人催得紧。您知道哪家医院做试管婴儿最好吗？”

“听我的，不要做。男的倒没什么，女的很遭罪的。你这么年轻，还有大把的时间，要相信自己，相信我。”

“嗯，我也没想好一定要做，就是想问问。我先回去了，下午还有会。”

“要坚持吃药啊，你是不是没有坚持？我加你个微信吧，每天催你吃药。”

“不用了鲍大夫，谢谢您！我……”

还好来了新的病人，吸引了鲍大夫的火力。燕妮趁机告辞，匆忙离开了医院，像个做错事的孩子一样，虽然不知道错在哪里，但心里就是觉得特别对不起鲍大夫。大夫，还是不要太热情的好，受不了。

22

燕妮还是决定去三甲医院的生殖中心看看。周六的早晨，燕妮七点起床，测了体温后出门，八点到了医院才知道还是晚了。那家著名的生殖中心位于一条偏僻小路边，一座独立的三层小楼上，挂号的队伍已经从医院大厅里排到了大街上，非常的长。

燕妮在队尾站下，跟着队伍缓慢地缓慢地往前挪动着，挪进大厅时竟然已经快九点了。

九点半，燕妮终于挂上了号，并按要求楼上楼下地做了各种检查。燕妮拿着病历本和检查结果搭乘电梯去三楼门诊室候诊。今天穿了高跟鞋，在下面站了一个半小时，累得要死，需要赶紧到候诊室坐下休息会。

出了电梯，燕妮吓了一跳，走廊里站了太多候诊的人和她们的家属，人挨人，人多到站着都碍别人的事儿，更别提有座位了。燕妮想回家，下次再来，但是想到下次还需要再排近两个小时的队挂号，就又打消了这个念头，决定继续等。

人实在太多了，所有可以靠一下的墙面都被占了，燕妮只能踩在高跟鞋上，傻傻地站在人堆里，干熬。如果没穿高跟鞋，她一定会去找个舒服点儿的地方，还会买瓶水喝，可是高跟鞋已经把脚磨破，她现在一步都不想走。

燕妮打电话向小康求助，要他给自己送双鞋来。小康放下电话立即就来了，从人堆里找到了摇摇欲坠的燕妮。

“真是不长脑子，怎么穿着高跟鞋跑出来了。”

“谁想到这么多人，要花这么多时间啊！咋带的家穿的鞋啊？”

“你说把脚磨破了，不知道都哪儿破了，这鞋哪儿都不碰。”

小康说的对，燕妮的脚已经四处开花，也只有穿夹脚拖鞋才行。小康还贴心地带了创可贴、矿泉水，甚至还带了蒲团来给燕妮坐。

“你当我是排队买火车票呢？”

“我当你是住产房呢。”

“去你的！”

生殖中心不管哪个科室，叫号都是通过大喇叭广播，叫一个人的名字，整个三层楼的每个角落都听得到，没有任何隐私可言。好处是，燕妮和小康可以换个地方等，不用真的在这里坐蒲团。

“怎么也不提前跟我说一声？”

“我就是想先过来咨询下。没想到，这么多人。”

“年轻人可真多。”

“是呢。也许岁数大的，该生的都生了。不像我，拖到现在。”

“来的路上我上网查了下，成功率不高，也就百分之二三十。”

“总比现在更有希望。这么一天天下去，我岁数会越来越大，对孩子也不好。

“怪我。不争气。”

“怪我，早几年行动，就不至于来这儿了。”

“好像有私立医院也可以做。”

“还是先公立医院吧。”

“咱回家吧还是，不遭这罪了。再试几个月。不行了再来。”

“来都来了，好不容易挂了号，还是把大夫见了吧。”

终于，高音喇叭里传出了燕妮的名字。小康陪燕妮到了门诊室门口，燕妮觉得穿拖鞋对大夫不尊重，换回高跟鞋，将拖鞋交给小康。

让燕妮意外的是，诊室里跟她预想的不一样，跟候诊室一样挤满了人，焦虑地等待着，围观着大夫给病人看病。诊室面积不小，中间半拉着一个浅蓝色的布帘，窗户在布帘的那一边，这一边没开灯，还站了十几个神情抑郁的人，光线就显得暗了很多。

护士接过燕妮的挂号单和检查单，夹进燕妮的病历本。

“你好，什么时候能到我？”

“等着。”护士拒绝回答具体问题。

护士看都不看燕妮，把燕妮的病历本塞到一沓病历本最下面。那一沓大概有四五个。跟病历本队伍并排着的还有两列队伍，一列是看起来更加复杂的化验单，另一列是单纯的病历本，没有挂号单。燕妮搞不懂为什么这么早叫自己进来，不过，气氛如此严肃，她也不好多嘴再问。

燕妮从人缝里看到了穿着白大褂的专家，涂着鲜红的唇膏，眉清目秀，面无表情，比医院大厅专家介绍栏里的免冠标准照漂亮太多。燕妮看楼下的介绍，觉得她至少得五十岁了，但是看本人也就三十，还没有任何整容感。

大夫从没有挂号单的那一列病历本队伍里拿起最上面的一本，一个女人已经忙不迭地坐在了大夫桌边，脸上堆着笑。

“大夫，我监测卵泡。”

“上床。”大夫一个字都不多说。

女人刚坐下，又连忙站起来，走到布帘后。

“把鞋脱了。”布帘后有另一个护士在说话。

大夫在病历本上写了点什么，放到一边，然后拿起化验单队伍最前列的一份，翻看着。

“李娟。”护士叫到。

“唉，我！”站在燕妮身边的女人听到叫自己的名字，激动地拨开站在自己前面的患者，走过去，在大夫身边坐下。

燕妮一进来就注意到这个女人了，好像只有她看起来明显比燕妮的年龄大，头发枯黄，面黄肌瘦，一副有气无力的样子，穿着也不讲究。

“四十五了才来，早干嘛去了？”大夫问。

“我刚结婚。”

鲍大夫这时一定会拿出准备好的糖，说着恭喜之类的话。燕妮脑补着，觉得还是这样泾渭分明比较好。

“你这雌激素水平太差了，补不上来了。”

燕妮突然明白了五十岁大夫拥有三十岁脸蛋的秘密，一时好担心自己的雌激素水平。

“哦。我想做试管。”

“都快绝经了，试管对你没用了。”大夫下断语。

“不能啊，大夫，我还想要孩子！我还没有孩子！”李娟哀求着。

“这辈子别想了，要不上了。”

“不能啊，大夫，你帮我想想办法吧。你懂科学。”

“绝经了，没卵泡了，科学也救不了你了。想要孩子领养吧。”大夫大概是见多了，懒得再跟李娟解释纠缠，将兜在下巴上的口罩戴上，站起来，走到布帘后去忙活另一个等待中的病人了。

“我想要自己的孩子啊！花多少钱我都愿意！帮帮我吧！大夫！求您了！”李娟大哭起来。

李娟的绝望令燕妮动容，她好想帮帮她，但是却什么也做不了。看到围观的年轻女人们脸上露出的鄙夷的笑，燕妮很难受，病历本也不拿，转身走出诊室。为什么女人卵子是有数的，而男人精子无限呢？面对造物主的不公平，燕妮有深深的无力感。

燕妮没找到小康，打电话，小康说他有点事，让燕妮等下自己，很快。燕妮找个了地方坐下，脱下高跟鞋，脚上的创可贴已经被蹭开了。

燕妮离开不是怀疑大夫的能力。这个大夫能初诊、复诊、复查同时进行，忙而不乱，不像鲍大夫一样，多治好一个病人就沾沾自喜，她是真正的专家样子。燕妮受不了的是大夫大拨轰的看病方式，这种方式很少见，尤其是专家门诊。怀不上孩子是件很隐私的事情，一定要开公判大会吗？大夫到底是为了效率还是故意对这些女性功能不全的女人有敌意？燕妮更不能忍的是围观者的残忍，同病相怜很难吗？

小康走了过来，笑嘻嘻地递给燕妮一张单子。原来他利用燕妮看病的工夫跑去看了男科。男科没人，飞快地挂号飞快地检查。

“我的指标一切正常，你怎么样？”

“不知道。不想知道了，回家吧。”

23

周一，燕妮照例八点到了公司，在地下停车场，她看到了红色跑车，裴总比她来得还早。就冲这一点，燕妮对裴总不能不心生敬意。

今天公司的中高层例行会议是人员最齐整的一次，主抓行政和后勤的副总，主抓市场的副总，主抓宣传的副总，主抓售后的副总，还有各个部门跟燕妮一个级别的总监。牛总正式宣布了裴总代替袁总任公司第一副总，主抓销售的任命。对于袁总的离开，牛总只淡淡地说是身体原因，个人请辞，他很感谢袁总对公司的贡献，也很感谢裴总能够临危受命，并希望裴总能和大家一起，携手作战，再创佳绩。

牛总充满煽动性的发言结束了，大家鼓掌。轮到裴总了。

“谢谢牛总的信任，谢谢大家。”裴总的声音依旧清冷平滑，“我对国内的高端男装市场现状和我们公司现状做了个 PPT，跟大家分享一下。麻烦关灯，拉窗帘。”裴总干脆利落，没一句废话就直接进入正题，并将在座的全体带入自己的节奏中。

燕妮想起自己当年入职时的情况。

在进入现在的公司做销售部总监之前，燕妮一直在一线具体卖楼，没有做过管理，为了拿到这个高薪且提成丰厚的职位，燕妮可是没少下功夫做准备。是牛总亲自面试的她，牛总说他不怕没有带团队的经验，就怕没有拼命的精神，他看上的是燕妮在回答问题时透露出来的好胜心和头脑的清晰理性。燕妮不知道牛总怎么看出来的，但她自己确实是这样的。成功入职后，燕妮也经历了一个跟今天的例会一模一样的例会。前一天晚上，燕妮兴奋到失眠。在例会上，轮到她发言，她狠狠地感谢了牛总的知遇之恩和对自己的信任，并站起来向牛总向大家鞠了一躬。燕妮一直觉得自己当年的初亮相表现完美，但是今天跟大将风范的裴总一比，她觉得自己矬了。

四平八稳在燕妮的概念里一直是跟老气横秋平凡乏味接壤的，直到后来她知道了航天员的选拔条件。上天怎么说也是人类最大的事儿了吧，不是的话还能上哪儿？而航天员的选拔很重要的一个指标是心率，心跳越平缓，起伏越小，说明心理素质越好，心理素质最好的人，才能从容应对各种局面，至少临大事也能该吃吃该睡睡。燕妮就做不到，她猜裴总一定行。

“去年公司定的年销售任务是四个亿，到财务年还有三个半月，已销售额已经达到四点二亿，杨总，你和你带领的销售部，很棒！”

“谢谢裴总的肯定。”燕妮说。

能被肯定，燕妮很受用，她觉得这个女人还算识货，而且头脑清晰，真不是袁总能比的。职场不同情弱者，燕妮对袁总的哀其不幸也变成了怒其不争。

“但成绩都是过去的了，我希望你们能再接再厉，继续加油。根据我综合评估的市场和公司的实力，我将下一个财年的销售额定为八个亿。”

燕妮一惊，求助地看向牛总。牛总专注地看着裴总，显然很满意。

“为了实现这一目标，我计划在三个月的时间内，将目前的十六个专卖店增加到三十个。”

燕妮又是一惊。

“这些城市就是我计划开设专卖店的城市。”裴总说着在投影上放出新增加的十四个城市的地名和分布图。“杨总，三个月的时间应该没问题吧？”

“有问题。”燕妮说。

“开灯，拉窗帘。”裴总瞪了燕妮一眼，她没料到燕妮会投桃报以烂桃，“请讲。”

会议室恢复了明亮，大家都看着燕妮，燕妮看着裴总。

“第一，三年了，每年的销售额以百分之二十的速度在增长，已经形成了一个非常良性的发展。现在突然将目标提到百分之百，是不是太冒进了？第二，现在的十六家专卖店是用了三年的时间逐步建立起来的，三个月内要新增十四家店，这么短时间内快速扩张，人员招聘和培训时间都不足。咱们品牌的全球推广策略一直是少，但是一定要精。如果因为快速扩张造成品牌信誉透支，后果相当严重。”

“我先解答你的第二点，少，是一个相对的概念，在国内，按照人口密度计算，三十家专卖店的密度依然低于品牌的全球平均值。精，跟多和快并不矛盾，只要全力以赴，把三个月当三年用，没有什么是做不到的，只有不敢做。”裴总显然早有准备。

“现在的十六家专卖店开设的地区是依据市场调查做出的选择，裴总您列出的这些新增城市，我们也都做过调查，这里面有三分之二的人均收入远远低于我们的目标人群收入。即使开了店，也行不成实际的购买力。”燕妮说。

“那就想办法加大宣传力度，鼓励或者说刺激冲动型消费。我们不能跟在收入水平的后面跑，我们要透支他们的收入。”裴总寸步不让，“我现在来回答你的第一点，是，前三年每年百分之二十，所以第四年不能还满足了这个增长速度，我们要寻求飞跃，坐在既有的成绩上睡大觉是不行的。”

“哪里有睡大觉，我们已经拼尽全力了。”

“不，我相信一定还有空间。”裴总说。

“小杨啊，裴总之前跟我汇报了她的想法，我觉得挺好。”牛总说话了，“你岁数比我小，但是观念比我还老。企业要想做强做大，不能一味求稳，我很欣赏裴总的魄力，她敢于把自己置于绝境中，置之死地而后生，你也应该向她多学习学习。人啊，不能在舒适区待太久了，趁年轻，得舍得逼自己一把，不逼自己一把，你都不知道自己有多厉害。我和裴总都相信你能想办法做好的。”

舒适区？燕妮早就搞丢了那个区的地址。燕妮也急功近利，但是不想拔苗助长，可是牛总都已经说到“我和裴总”了，燕妮知道自己再说啥也没用了，只能先闭嘴。

燕妮回到销售部办公室，像往常一样，组织大家开会，把例会内容跟部门员工做了传达。大家群情激愤。

“这怎么可能啊，这根本就是不可能完成的任务啊！”

“这个新来的裴总什么来路，怎么这么大嘴巴？”

“销售额八个亿？！妈的，保住现在百分之二十的增长率已经忙得没有性生活，她干脆直接把我骟了算了！”

“新官上任，着急放火，可以理解，别把压力甩我们头上啊。”

“开专卖店又不是吹气球，是有它的物理时间的！不对，我的比喻不对，吹气球也有物理时间！这不是多加人手不睡觉不休息就行的。”

“杨总，咱们能集体罢工不？”

“如果完不成销售额，是不是提成奖就拿不到了，这不是变相剥削我们吗？”

“我看裴总这是给咱们整个销售部穿小鞋！”

“杨总，三个月，从哪天开始算？”马鹿问。

“今天。”燕妮说。

穿小鞋倒不至于，裴总不是牛夫人，没那么局气，但是好大喜功是真的。闭嘴不代表死心，不甘心的燕妮决定整理一下各种数据，再跟牛总好好说说，希望他能撤回成命。

24

写字楼的地下一层设有食堂，饭菜做得很潦草，还没有小炒。讲究点儿的都下馆子或者点外卖，但是燕妮喜欢食堂，不仅方便，她还喜欢热气腾腾的大锅菜和一筐筐的白馒头，看着就有幸福感，好像回到了上幼儿园的童年。虽然吃到嘴里的味道不如闻着香，但这并不那么重要，燕妮反正也没什么胃口，吃饭只是为了加油。

燕妮点了西红柿炒鸡蛋和红烧排骨，一个馒头和一碗小米粥，端着饭盘找了个座位坐下。马鹿一个人坐在燕妮左首斜对面。

“杨总。”马鹿刚跟燕妮打个招呼，突然恶心起来，站起来快步走了。

燕妮四下看了看，好像没什么人注意到马鹿的反应，除了，裴总。裴总坐在燕妮的右首斜对面隔开一个位子的座位上，跟燕妮点点头算是打了招呼，然后低头一边看手机一边吃饭。裴总有条不紊地吃着馒头，托盘里还有三个菜和三个馒头，一碗粥，饭量真不是一般的大。燕妮记得，自己部门的男员工最多也就吃两个馒头。

牛总新招的胖胖的女助理端着托盘在燕妮对面坐下，托盘里只有半份清炒小白菜和一碗粥。

“裴总，杨总。”女助理热情地打着招呼，胖胖的大圆脸红扑扑的，特别像杨柳青年画上的福娃，没心机的样子也像，周围的每一个女人看着她都会很有安全感。牛总能找到这么个人畜无害的女助理还真不容易。

裴总看着手机没搭理她。

“吃这么少？”燕妮没话找话。

“我减肥呢！杨总，我周六看见您了，在生殖中心。叫您您没理我。”助理说。

燕妮一惊，医院的高音喇叭带来的不安感现在坐实了，还真的有所谓预感这东西。燕妮暂时不想让大家知道她在忙着怀孕，一则这么努力还怀不上不是什么光荣的事儿，二则公司和她自己都把她当成男人在用，她也确实不负众望，表现得比很多男人都拼都能干。但是如果公司，尤其是裴总知道她接下来的角色是妈妈而不是继续扮演拼命三郎，对她今天上午在会上的发言恐怕会有别的想法。

燕妮斜眼用余光看看裴总，裴总看着手机，开始吃第二个馒头。

“我陪我发小去的。大喇叭里喊‘杨燕妮’的时候，我还跟她说呢，这人名字跟我们销售部总监一样。结果在停车场，我就看见您了，和一个男的。”

“是我先生。”燕妮说。

“哦，看着比您年轻，还挺帅的。我还以为您有婚外恋了呢！”

“怎么说话呢！”燕妮不爽了。

“对不起，杨总，我不是那个意思，您当然不会搞那些乱七八糟的，我主要是想说您的老公特别帅，还年轻。我实在没想到，您太有手腕了。”

说话真是没轻没重。她要不是牛总的助理，燕妮一定会当场让她下不来台。人畜无害真的只是表面，没心机不一定就是好事。

“谢谢。”燕妮只好说。

“杨总想要孩子啊？怀孕生孩子可是个体力活，我姐姐生老大那年二十三，我们俩去看电影，就那个《海底总动员》，太好笑了，笑得肚子都疼了，结果我姐笑得太使劲了，就把孩子给笑出来了，她老人家就一边生一边看电影，孩子突然哭了我才发现，给我吓得啊！哈哈哈哈！”

“真剽悍。”

“但是她怀老二的时候三十，就不行了，整天觉得累，根本没法工作，只好辞职回家了。结果孩子还没生呢，发现老公有外遇了。”

燕妮余光看了眼裴总，裴总看着手机，开始吃第三个馒头。

“我为什么说这个来着？牛总整天批评我说话说着说着就跑题了，我在努力地改。哦，对了，我想说生孩子是个体力活。我那姐妹做试管都做第三回了，吃排卵药，天天去医院测卵泡，手术取卵子，还不麻醉，完了还得把受精卵放进子宫，还不麻醉。想着都疼。完了还得躺着不能动，还得打什么保胎的针，哎呀，总之老遭罪了。做一次不成，得休息三月再来。结果也只好辞职了。”

“所以呢？”燕妮问。

“什么所以呢？”

裴总吃完了第三个馒头和所有的菜和粥，走了。燕妮知道她一定是全都听见了，也可能会把自己在例会上的态度跟自己准备怀孕的状态联系起来，爱怎么想就怎么想吧，想找人替换自己，只怕没那么容易。燕妮艺高人胆大，不怕。再说了，三个月后自己是不是继续续约还不一定呢。

燕妮做了一份详尽的报告，分析了裴总计划的不可行性，用邮件发给牛总。燕妮知道牛总在办公室，按照他一贯的做法，一定会很快看到邮件，并及时给予回复的。但是，等到快下班了，牛总那边一点动静也没有，燕妮坐不住了，直接去牛总办公室，想当面跟牛总说说。

燕妮走到牛总办公室门外，女助理正大口吃着蛋糕，好像忘了减肥的事儿。桌子还有一杯喝了一半的香槟。

“杨总来了。”

“牛总在吗？”

“在！在庆祝裴总入职呢！您不知道吗？您怎么会不知道呢，上午参加例会的各位领导都来了。是不是忘了通知您？快进去吧，都进行好半天了。”

紧闭的房门里面传来一阵人们大笑的声音。

“不去了，我是来谈工作的事儿的，回头再说吧。”燕妮说。

“别啊杨总，来都来了，要不我去给您拿块蛋糕，可好吃了。备孕吃甜食心情好。”女助理依旧的没脑子。

“不要！我吃甜食会死！”燕妮不想再多说什么，转身走了。

身后，牛总办公室里传出牛夫人的歌声。燕妮还是被穿小鞋了。

25

今天一天过得很糟心，燕妮在办公室坐不下去了，比平时早很多到家。

家门竟然敞开着，燕妮吓了一跳，以为家里进了贼，连忙掏出手机，一边小心查看，一边准备报警。回头看到对门的房门也开了，燕妮心下明白了七七八八，担心的事情说发生就发生了。

燕妮进了屋，放下包，换了鞋，走进自己房间，换上家居服走出来，从饮水机接了杯水，在沙发里坐下喝着。小康吹着口哨回了家，随手关上门，换了鞋，走进卫生间小解。小康走出卫生间的时候，突然看见燕妮，口哨就停了。

“吓死我了，咋不吭声，啥时回来的？”

“心情不错啊？”

“啊，是，刚跟楼下下棋来着，赢了。”

“跟谁啊？”

“我也不认识，刚回来经过物业，看有人下棋呢，就凑过去比画了两下，赢了就回来了。”

“围棋？”

“象棋。”触类旁通，小康各种棋下得都不错。

“挺好。不过下次出去记得关门。”

“啊！这个——我刚才——”小康不善于说谎，吭哧半天也没编出啥来。

门铃响，小康去开门，门外站着对门女孩，手里端着现烤的蛋糕。

“你刚走就烤好了，送你了，谢谢你帮忙。”女孩说话嗲得不得了。

“不谢不谢。我不喜欢吃甜食。”

“一点儿不甜，是无糖的。”

“我是说我不喜欢无糖的，我喜欢吃甜食。”小康乱了。

“怕老婆知道了骂你是吗？”女孩是哪句不该说偏说哪句，“那就赶紧吃，在她回家前吃完，把盘子还我，她就什么也不知道了。”

她就什么都不知道了，这真是典型的小三思维，还有蛋糕，又是蛋糕，燕妮觉得自己今天犯蛋糕。

“不是不是，我老婆回来了。”小康说。

“哇哦，好吓人，再见。”女孩说着端着蛋糕走了。

小康关上门，回头看，燕妮已经不在沙发上了，主卧的门关着，小康快步走过去，推开门。燕妮已经躺下了。

“你别多想啊！什么也没有，我就是帮她搬了下微波炉。”

“干吗不让人家进屋里坐坐，邻里邻居的。”

“走那么近干吗？麻烦——”

“我累了，眯会儿。一会儿再说吧。”

燕妮是真的累了，累得已经没有力气跟小康掰扯这点小事儿了。毕竟两家的门都开着，这要是两家的门都关着，那才真的麻烦呢。这种事儿出了，不闹一下不行，不闹，小康会觉得燕妮完全不在乎没关系，找不到边界，下次指不定哪扇门就关上了。闹太大了也不行，闹得力道大了，因为这点不是事儿的事儿降了自己身价不说，还会被反噬，给自己烙下深刻的心理暗示，真把对门当自家小三提防，就太辛苦了。分寸感很重要。

这个理儿，燕妮不是生下来就懂的，分寸感更是在对敌斗争中摸索出来的。小希一开始就提醒过燕妮，小康身边一茬茬的大学女生会是她的雷区，躲过这届，躲不过下一届，按概率算，早晚踩雷。燕妮没有特别往心里去，不是因为自信，是因为经验少，缺乏对风险的想象力。

约会了几次，大体确定了关系后，小康约燕妮到他学校去玩，他说他们学校比公园还美，不仅适合学习，还适合谈恋爱。燕妮来得早了，小康还没下课，燕妮就走进教学楼，挨个教室寻找着，想看看小康给学生上课的样子，还真就被她找到了。燕妮从教室后门的窗户偷偷探头看着，上课中的小康心无旁骛，口若悬河，那一串串英文从嘴里说出来跟说母语一样流利，听得燕妮心猿意马。

下课了，燕妮赶紧溜出教学楼，站在门口等着。学生们陆陆续续地走出教学楼。燕妮很有些感慨，自己不过才离开学校两年而已，感觉上却跟这些大学生成了两代人。更重要的是，如果不是亲眼所见，燕妮不会想到，美女竟然这么多。

小康迟迟没出来，燕妮又返身走进教学楼，正看见一个长发及腰的女生站在小康的面前，说着什么，拦着小康不让他走。

“燕妮！”小康看见了燕妮，赶紧叫了出来。

长发女生回过头来看燕妮，小康趁机摆脱女生，走到燕妮身边。

“这是我女朋友，杨燕妮，这是我的学生，琳达。”小康介绍着。

“你好。”燕妮说。

“我不好！”女生狠狠地瞪了燕妮一眼，气鼓鼓地走了。

小康松了口气，跟燕妮解释说，这个女生对他有好感，想跟他在一起，他已经拒绝她好几次了，女生还是不死心，非要小康说出自己哪里不好，可以改。

“她应该算校花了吧，这么漂亮，我看了都忍不住喜欢，她哪儿不好啊？”燕妮问。

“这跟漂亮不漂亮没关系。她太年轻，还是个孩子，是我的学生，我绝对不会同意的。”

“所以她没哪儿不好。”

“不，你别误会！我的意思是我对她没兴趣，她哪儿好哪儿不好跟我没关系，我根本不知道，也不想知道。”

“我没误会，你上课的样子很帅，女生又这么多，被个把追一追，很正常。”

“真没想到你这么大度，真是太好了！”

大度你个头，还不是因为不太熟！燕妮在心里骂着小康。小希说的雷区从抽象变成具象后，还真的挺扎心的。想着自己岁数越来越大，而敌人们却永远十八岁，燕妮就觉得焦虑和无望。找谁不好，偏找了一个这么让人担心的主。这之后燕妮试着想退出过，但是恋情已经发芽，藤蔓样细细密密地深入进了她的毛细血管里，每一下抽身都疼得不行。退不行，燕妮只能向鸵鸟学习，再也不去小康的学校了，约会都选在校外，并总是暗自观察小康的表现，猜测他又被几个女生拦路求爱了。

交往一年后，小康求婚成功，俩人决定正式同居。燕妮搬到小康家的第一天，正打开行李往外拿东西，小康手机响了，来电显示“琳达”。小康去物业给燕妮办理停车位了，燕妮本来不想接电话，但是铃声断了又响，断了又响，燕妮就接起了电话。

“喂？”燕妮接通电话。

“我找小康。你是哪位？”

“他不在，我是他女朋友。”

“你去死！我才是他女朋友！我都为他怀孕了你知不知道！”女生在电话里歇斯底里起来，开始飙一些很难听的话。

燕妮挂断电话，没等小康回来直接去了小康的学校。燕妮在食堂找到了正在排队打饭的琳达。

“琳达你好，我们俩刚通过电话。”

“干吗？”琳达瞪着燕妮，有点儿慌。

“你刚说自己怀孕了，麻烦跟我去下医院开个证明。”

燕妮这话一下吸引了周围学生的兴趣，大家纷纷安静下来，看看燕妮，看看琳达。

“这种私事儿也拿来在这儿说，你有病啊！我才不去呢！”

“去不去由不得你，电话我已经录音，我随时可以报警，告你诽谤老师。”

“疯子！”琳达被燕妮的气势镇住了，哭着跑了。

燕妮选在公共场所直接跟琳达对话，是想快刀斩乱麻地解决掉女生的纠缠，借此树立起自己霸道的形象，并一劳永逸地杜绝后患。但是事情并没有她想的那么简单，学校里关于小康的一些有的没的传闻突然甚嚣尘上，还有一些女生和男生为琳达打抱不平，跟小康对着干。小康被搞得很烦，埋怨燕妮不该不跟自己商量就擅自去学校，两人还差点儿为此分手。燕妮现在回想起当初，也觉得太莽撞和不体面了，一个已经走上社会的人当众威胁一个女生，跟大婆当街打小三有什么区别？不过，年轻的时候谁还没有几件不堪回首的往事呢？犯了错才能触摸到边界，是好事。

26

这一觉睡到了七点多，燕妮醒来时天都黑了，隔着房门也能闻到饭香。

燕妮和小康都不喜欢做家务，尤其是做饭和搞卫生。小康怕麻烦，一直在学校吃食堂，或者叫外卖，懒得动了一包饼干就可乐也能打发，厨房就是用来放冰箱的，冰箱则是用来放可乐的。对燕妮来说，醒着的时间都是用来挣钱的，她可不舍得把时间花在做饭和搞卫生这些家务事上。

“我誓死捍卫你不做家务的权利。”小康说。

在一起后，他们请了个固定的小时工大姐，把钥匙交给她，不管俩人在不在家，每天下午三点过来忙活三个小时，打扫卫生做晚饭。平时不觉得啥，但是春节小时工一回家过年，燕妮和小康就崩溃了，借助外力填饱肚子还好办，最头疼的是打扫房间。

“最离不开的人原来是小时工。” 俩人每逢春节就开始感慨。

小时工俨然已经成了很多家庭的标配。燕妮感谢家务事的社会化解放了自己，她不能想象如果没有小时工，自己忙了一天回家还得买菜做饭，有孩子还得带孩子心情得多糟糕，婚姻能幸福才怪。

小康让小时工大姐打扫完卫生后提前走了，自己下楼买菜。小时工本来准备包茴香鸡蛋大包子的，但是这对小康来说难度太大，他也就能勉强炒几个简单的家常菜。

“如果对门是个老太太，你是不是就会认为我是在助人为乐？”

“现在我也认为你是在助人为乐，而且是做了好事儿还不让人知道的那种，高尚极了。”

“你不用说话带刺，我高不高尚我自己心里清楚。我不高尚，但是也绝对不猥琐。同样的行为，帮美女就被甩脸子，哪儿说理去啊？！”

“我没甩脸子，我就是累了。”

“我还不知道你？你不就是嫉妒人家年轻漂亮吗？人家不仅年轻漂亮，人家还会烤蛋糕。你真得跟人家学习学习。”

“我说什么了吗？我一声没吭！我又没拦着你吃蛋糕。是她自己拿走不给你吃的。”

“我肯定没在她面前说你坏话。肯定是平时你看她的眼神让她误会了。人家拿走为的什么，为的是避嫌啊，是怕你生气啊，是怕破坏我们夫妻关系啊。多好的女人，你真该跟她成为好朋友，住得这么近，常来常往的互相有个照应，多好。”

“做梦！你不就是看人家长得好看吗，我才不会跟这种来路不清的女人做朋友呢！”

“好好好，不做就不做。我根本就不认为她长得好看。再说了，长得好看也不是错啊。咱们不能对人有偏见。那女孩多懂事啊，我就举手之劳，人家就辛苦烤蛋糕表示感谢。”

“怪我！回来的不是时候。我要是晚回来会儿，蛋糕也吃完了，盘子也还回去了，门也关上了，我也就什么都不知道了，多好。”

“瞧你，好像我在瞒着你什么似的，我没撒谎，我就是少说了去对门帮忙而已，我没说主要是觉得这事儿不重要，不值一提，你问的时候我已经给忘了！”

小康一边忙，一边在脑子里自导自演着跟燕妮的对话，越想越觉得自己有道理，叉腰站在那里，差点就关火不想做饭了。

厨房门开开，燕妮探头进来。

“醒了，太好了。马上，都准备好了，合成一下就上桌。”

竟然三菜一汤，西红柿炒鸡蛋，红烧鸡翅，虾皮小白菜，白菜豆腐汤。

“女学生给你发的求爱微信邮件啥啥的，你不都给我看吗，还要我帮你回，这次是咋了，这么慌？”

“这不是，这不是离得太近了吗，我怕你误会。”

“你不慌我还没多想，你这一慌吧……”

“靠！”小康吃了口菜，叫唤起来。

小康把味精当成了盐，所有的菜都苦得不能吃，除了米饭。小康做饭有两个特点，一是就算做一道菜，也能把家里的锅碗瓢盆统统都用一遍，架势非常之大；二是他根本不会做饭。

俩人决定到小区门口的小饭馆去吃，小康一路解释着。

“我下了电梯，刚开门要进屋，她打开门，叫我。问我能帮她个忙不。我问啥事，她说帮她把微波炉搬到架子上。我就去了。帮她把微波炉搬到架子上就回来了。她家在阳台，洗衣机上面钉了个铁架放微波炉，房东带走了微波炉，她就自己买了个新的。架子到我胸口这，她没劲儿，搬不上去，这点小事儿又不好意思打电话麻烦物业。然后我又顺手帮她把沙发挪了个地儿。还换了个灯泡。完。”

“你说的这些我都不想听。”燕妮十分认真地听完后说，“我关心的是我的行李，看见我的行李了吗？”

“行李？哦，对了。没，我哪儿好意思到处打量啊。”

燕妮和小康说着话走出小区，一个戴着口罩的男人站在小区门口，看见燕妮走出小区，突然快步走过来，还没等燕妮反应过来，从裤兜里掏出把刀子扎向她。

27

小康及时抱住燕妮，结果自己的腰背上挨了刀，血浸透了衬衫。路人冲过来，帮助按住凶手，救下小康，并将小康送进医院。燕妮看着流了一地的血，一度以为小康会死，认为自己要失去小康，崩溃到站立不稳。

刀口很深，缝了二十三针，所幸无大碍。小康一直强撑着安慰燕妮说没事儿不疼，但是看着小康的伤口，燕妮感到的是剜心般的疼，情绪激动，喉咙发热，她没有哭，但是一口鲜血吐了出来。

不是说只有失去的时候才懂得珍惜吗。不，不用，这个话太疼，燕妮根本不想经受这个考验，她受不了。

小区保安抓住了行凶的男人，并第一时间报了警。安顿好小康，燕妮跟着一个年轻小警察来到派出所配合调查。她一定要看看，到底是谁跟自己有如此深仇大恨。进了派出所，一个姓武的警官告诉燕妮，嫌疑人叫李为民，是个出租车司机。

燕妮想起来这个名字，她曾经因为行李的事儿打电话找过这个司机所在的出租车公司，也跟司机本人在电话里说过话，算是打过交道。可是后来在监控里发现行李的下落后，燕妮已经第一时间跟出租车公司打电话说清楚了，怎么还会有后遗症?

燕妮跟着武警官来到见面室，她需要确认行凶者。进去之前，一个女警官走过来，开始搜燕妮的身，在燕妮的包里搜出了一把小厨刀。刀是燕妮来之前在医院门口的超市买的，她是想要找机会还凶手一刀的，但是没想到会有搜身这个环节。

“你想干吗？”武警官问。

“剁肉。”燕妮回答得十分强硬。

“买菜刀回家可以，但是进入公共场所或者公共交通工具不行，违反了治安管理处罚条例。”武警官说。

“会处以五日以上十日以下拘留。我自己开车过来的，这里也不算公共场所。”燕妮接着说。

“跟精英说话就是省事儿。更严重的后果也不用我提醒你了吧？”

“我不想危害社会。”

“刀我没收了。你要是有异议，可以提起复议。”

“不用了，我没那个工夫，谢谢。”燕妮说。

房间里只有一张桌子，桌子两边各有一把椅子，燕妮的椅子被武警官拉得离开桌子很远。燕妮坐下。

司机在一个警察的羁押下走了进来。这是一个四十多岁的男人，长着一张五官模糊的脸，他其实没必要戴口罩，这张脸，就是天天见，一转脸还是会认不出。

“你个王八蛋！”燕妮骂道。

燕妮声嘶力竭，像个泼妇一般从椅子上站起来想冲过去，被武警官按住。长这么大，这是头一回亲历如此恶劣的血腥事件，还发生在自己最爱的人身上，心如刀割的感觉已经让她丧失了平时的理智冷静。来的路上，她已经想象了一万遍用刀子扎在凶手的身上，再划开个大口子放他的血的情景。而现在没有了武器，只能骂，燕妮明白了为什么有泼妇没有泼夫，那是因为女人不管怎样也无法像男人一样有力量，只好调动起全身的每一个细胞，寻求摧毁式爆发。

“报告政府，就是这女的，她侮辱了我。”司机说完，突然委屈地哭了起来。

燕妮愣了。

燕妮跟武警官回到他的办公室做笔录。

“他说他没拿我的行李，是我自己拎下车的。我说不可能，我没拿，我回到家手里是空的，那么大个行李我还能半路扔了不成？他说他拉完我就回家了，车上也是空的，那么大个行李他也不可能看不见，就是我拿走了。我说不可能，行李里的衣服都很贵，我如果拿着走了，怎么可能半路扔了？然后他就挂断电话了，好像沉默了几秒钟挂的。”燕妮在努力回忆自己跟李为民打交道的经过。

事实证明，行李里的衣服都很贵，燕妮拿走了，却在家门口丢了。有些一念之差，事后是不能用逻辑去推理的，发生了就是发生了，非要分析，得出的结论也一定与事实不符。

“后来呢，行李找到了吗？”武警官问。

“后来我看了小区的监控录像，行李确实被我拿走了。给他打电话他永远占线，估计是被拉黑了，我就打电话到他们公司，做了解释，以为这事儿就完了。我没有侮辱他的人格，丢了行李我还不能问吗？如果他非要这么认为，那只能说明他太脆弱了！”燕妮认定自己百分百正确且无辜的信念已经开始动摇，所以嘴上越发强硬起来。

燕妮跟司机通电话的时候，虽然没明确说出来，但确实先入为主地怀疑行李被他拿了，认为他穷疯了，难道说这层意思当时随着语气传达出去被对方接收到了？语气伤人于无形之中，抓不着摸不到，但又实实在在，还好没法作为证据呈堂证供，不然燕妮有没有责任还真说不清。想到小康身上的伤有一部分是自己的责任，燕妮就难受得要命，无法坦然面对。

出租车公司的负责人来了，是个三十多岁的女人，嘴碎话多。

“杨女士，您好，我谨代表我个人和我们公司，对发生在您先生身上的不幸事件致以最真切的问候和歉意。您放心，一切按法律规定的来，该我们公司负责的我们一定会负责到底，该李为民个人赔偿的，我们公司也绝对不会帮他出一分钱。”

说的全对，燕妮还真就无法反驳。

“为民能做出这事儿来，真的，我到现在还不太敢相信。他是个好人，就是四十八了还一直单身，他要是结婚了有人管可能就不会危害社会了，可惜他心里没别人，只有邓丽君。我们都说他在精神上嫁给了邓丽君。”

“就是那个邓丽君？”武警官问。

“就是那个邓丽君。”负责人说。

燕妮想起了那天出租车上一直循环播放的邓丽君的歌。

“他每天出车前都会去鲜花市场买支玫瑰花插在车上，他说邓丽君最喜欢玫瑰花。以前开货车这样，后来开出租还这样，二十年了，天天这样。还经常自己一人在家唱邓丽君的卡拉 OK，一唱几个小时。公司谁说不喜欢邓丽君，他就能跟谁打起来。”

燕妮想起了司机右手杂物箱处的花瓶和那支玫瑰花，还想起司机开车的路上，好几次温柔地去抚摸那花。燕妮曾经要求司机把音乐关了，她想休息会儿，她并没有不喜欢邓丽君，小康的爸妈都是邓丽君的歌迷，她也跟着听过，软软糯糯的，很好听，但是她更想安静。也许她跟司机的仇恨就从那一刻建立起来了。

燕妮好像越来越明白，也好像越来越不明白这一切的因果关系。但是不管怎样，这个男人对小康的伤害都是永久的，就算可恨之人必有可怜之处，燕妮也不想原谅他，表面上的原谅她也做不到，她拒绝高风亮节。

燕妮回到医院已经是夜里两点了，小康正在病床上趴着睡觉。伤口在腰背部，他不能仰躺，侧躺也暂时不行。小康特别特别怕疼，痛感神经比一般人都敏感，伤口又太深，小康需要按压止痛泵，注射吗啡给自己止痛。止了痛就会昏睡过去，疼得醒过来再注射吗啡睡过去。

医院夜里不让陪床，燕妮只好回了家。从下午出事到现在，销售部的群一直静悄悄的，没有任何一条信息。燕妮离开公司的时候布置了几项工作，应该有汇报才对，她隐约觉得不太正常，但是一直没顾得上过问。

28

太累了反而会睡不着，燕妮翻来覆去地直到四点终于睡着了，七点就起来了。她得赶去医院看小康。

小康已经不疼了，就是还不能翻身，虽然不再需要注射吗啡止痛了，但是人还是有些昏昏沉沉，完全不想吃早饭。陪了小康一会儿，燕妮就走了，十点裴总要组织销售部开会，研究如何实施她的大计划，自己绝对不能迟到。

就算心里再抵触，工作还是要做，燕妮想到的办法就是让销售部的现有员工一分为二，一部分负责新店，一部分继续负责老店，同时立即开始招聘新人，培训上岗。人员的分配她也想好了，她本来应该昨天晚上做个报告的，但是没来得及，索性一会在会上直接说吧。燕妮本来就一直把自己当男人在用，以后只怕要把自己当两个男人用了。

燕妮饿着肚子赶到公司，直奔大会议室。会议室没人，一个人都没有，等了两分钟，也没有人要来的迹象。燕妮很奇怪，在销售部的群里问大家怎么不来开会，竟然没人回复。

燕妮回到销售部办公室，人也都不在，除了马鹿。

“什么情况，大家都去哪儿了？不是十点要开会吗？”

“杨总，我正要给您发微信呢，您没接到通知吗？”马鹿说。

“没有，什么通知？”

“会议改九点开了。地点也改了，改到总裁会议室了。”

“谁改的？”

“裴总。我今天来了听他们说的，说裴总昨天晚上新建了个群，把咱们销售部的人都拉进群里了，她在群里发的通知。不过没把我拉进那个群里。怎么，杨总，您也没在那个群吗？”

“没有。”燕妮说。

这个消息让燕妮心里特别不舒服，庆祝入职不叫她就算了，这可是工作。燕妮不想回避躲闪，她要去总裁办公室看看，看看裴总到底在搞什么名堂。

燕妮推开总裁会议室的门，屋里坐满了人。总裁会议室是接待重要客户，或者副总以上级别的人召集会议才可以使用的，比公司其他几个会议室的装修高级很多。

“时间紧，任务重……”裴总站在条形会议桌的前面，正说着话，听见门响，回头看是燕妮，“杨总来了。那好，今天就到这儿了，大家加油。散会吧。”

会议室有两个门，燕妮进的是前门，她一个个打量着自己销售部的员工，可是大家大概是为了避免尴尬，一个个不是假装聊天就是低头看手机，不看燕妮，快步从后门走掉了。

燕妮转身也要走，被裴总叫住。

“杨总，别走。”裴总叫住燕妮。

燕妮只好站住，走进会议室。一男一女两个陌生的年轻人还在座位上坐着，说着话。

“你来晚了，我来给你们介绍一下。这位是杨燕妮杨总，这两位是一直跟着我的，现在也是咱们公司的了，他们两个负责开设新专卖店的事儿。Max，安融融。”裴总介绍着。

“你们好。”燕妮礼貌地打着招呼。

两个年轻人站起来跟燕妮打招呼，都是一副有恃无恐的样子。

“你暂时还是负责以前的十六个老店。如果因为怀孕生孩子影响了业绩，我会想办法的。当然，我希望这种情况不要发生。还有，我建了个销售总群，你销售部的成员都在，建群的目的主要是为沟通开设新店的事儿，就没把你拉进来。”

“但是，我不太明白，让我这边的人去负责开新店，我这边的业务怎么办？”燕妮问。

“好奇怪的说法，什么你的我的。首先，不是我让的，是大家自愿的。其次，我不可能让老店自生自灭，这是公司的根基。他们还在管，过渡阶段两边都会管的，但是毕竟老店的销售体系已经很完备了，我相信你就算带着新人也一样可以做得很好。大家都在全力以赴地拼命，希望你也能跟上。当然了，为了鼓励大家好好干，我把绩效提成提高了一个点，这是大家早就应该得到的。还有，招聘启事我已经叫人制作好了，今天一早，官网和各大招聘网站都已经发出去。人事部已经开始面试了，我要去看看。”裴总说。

生命中只有一个支点的人可怜但是更可怕，还好自己除了事业，还有家，还正准备要孩子。燕妮很没出息地自己劝慰自己。支点多才能平衡的燕妮，对裴总生出了几分畏惧。有缺憾才会寻找另一半，但是裴总不需要，她雌雄同体自给自足，一个人就是一个圆，而这个圆里只写着两个字：工作，燕妮完完全全不是对手。燕妮明白，如果她是牛总，她也会力挺裴总，谁都会给强硬并且全力以赴的人投信任票的。

燕妮走回自己的办公室，在走廊迎面遇上了牛总。

“牛总。”燕妮打着招呼。

“对了，小杨，你那个报告我看了，一直没回复你，是觉得会上已经定了的事就不要再反复了。”

“明白了，牛总。”

“我更希望看到的是你能积极地想办法向前冲。就像裴总，她昨天晚上跟我汇报了关于销售部人员安排和招聘的一些想法，我觉得很可行，你们刚才应该已经开过会了。”

“是的。”

现在再说自己也想过跟裴总一样的安排已经没有任何意义了，燕妮就什么都没说。三年了，她几乎没喘过气，但是只一个晚上工夫应付家里的意外，就没赶上趟。职场竞争激烈，瞬息万变，一眨眼的工夫就会失去主动权，燕妮觉得自己快支撑不住了。

“那就好。哦，对了，我听说你有一些想法，关于你个人生活方面的。”

“都传到您哪儿去了，我根本都还没想好要不要呢。”

“你对公司的重要性在这儿摆着呢，你要是个后勤啊人事啊还好说，可你是销售总监。不过我也不能说什么，还好裴总来了，不然还真是挺麻烦，真是挺麻烦！”牛总摇摇头，匆匆走了，带着很明显的不满。

燕妮突然意识到，别说升职了，连现在的职位能不能保住都成了问题。燕妮也觉得自己如果怀孕确实会给公司带来很大的麻烦，但是，难道说因为公司利益，因为事业，就不要孩子不要自己的生活了吗？燕妮自认自己不是裴总。

七个月前，燕妮决定和小康要孩子的时候，是把续约的事考虑进去了。她本来计划尽一切努力提前完成年度销售额，肚子大了行动不便了也不会太影响工作，到时孩子也生了，大约也就休息一个多月就可以继续上岗，而且如果按照牛总当初的承诺，燕妮能升为副总的话，反倒不用天天出差，坐镇指挥没有问题，什么都不耽误。可是孩子没能如期怀上，越着急还就越怀不上，就到了今天这个局面，燕妮还真怪不得公司。听牛总这话风，如果真的要孩子，只怕公司不会愿意续约。如果不续约，去别家公司应聘，要不要孩子仍然是个回避不掉的问题。

燕妮回到销售部办公室，员工们都低着头假装隐身，谁也不出声，安静得要命。燕妮也曾经为了多给大家一个点，打过很多次报告，牛总抠门，没批准，现在到了裴总那儿就变成了顺理成章，大家一定在心里怪罪燕妮，现在做任何解释都没有意义，燕妮有苦也说不出，又骄傲，索性啥也不说。熙熙攘攘皆为利往，换作是燕妮，她也不知道怎么才能表现得比他们更好。

29

医院联系燕妮，说床位紧张，希望小康可以出院，回家慢慢养，小康也着急回家，燕妮下了班，到医院来接小康出院。

事件带来的慌乱、惊恐、愤怒渐渐散去，燕妮和小康都安静了很多。

“你个傻瓜。当时怎么想的？”

“我想起了无数革命先烈。”

“呸，我说真的呢。”

“因为，你是我的女人。”小康忽然正经下来，幽幽地说。

燕妮的眼泪夺眶而出。她是多么喜欢小康的这句话啊！也许不是每个人都需要一个家，但是燕妮需要，尤其是被所谓的事业抛弃后。说抛弃用词微重，但燕妮确实有这个感受。

小康看到燕妮的眼泪很受触动，印象中，这是他第一次看见她哭，他一直以为她不会哭，但是她突然就哭了，还很痛。泪水来得不易，因而格外有重量，小康不认为这泪水仅仅因为自己的伤，夫妻连心，他能感受到来自燕妮的深深压力。

小康一直以来奉行的无为的世界观在燕妮的眼泪面前开始动摇。另一半因为有为而拼命挣扎，小康再也不能视而不见了，他不仅想为这个女人挡刀子，他还想为她分担更多的压力。至于世界观，见鬼去吧。

燕妮去给小康办出院手续，到收费处排队交费。

站在燕妮前面的一对男女应该是在热恋中，穿着连帽卫衣，还都把卫衣的帽子戴上，连体婴儿一样黏在一起，腻腻歪歪的。俩人终于交完费，回身要走，燕妮愣了，女的是牛夫人。牛夫人也愣了，后面还有很多人在排队，燕妮没说什么，凑到窗口去交费。

燕妮交完费，发现牛夫人已经不在了，松了口气。燕妮回到病房，跟小康说起楼下的遭遇。

“真巧。”小康完全没有兴趣地应付着。

“排队的时候，老牛她老婆恶心来着。”

“我去——”小康有了点儿兴趣。

“你说，要是你碰见这种事，会不会告诉你们老板，我是说你们系主任、校领导之类的？”

“应该不会。人家家里的事儿，咱们管不着。”

小康说的对，人家家里的事儿，咱们管不着，虽然，因为牛夫人对公司的胡乱插手，才有了裴总的进入，自己才会被边缘化。可是，毕竟不是直接因果关系。就算把事情捅到牛总那里，以牛总现在的心气，他也不一定会相信燕妮，搞不好，还会认为燕妮是在造谣生事，打击报复。

燕妮搀扶着小康走向停车场。伤口还没长好，虽然打着石膏，但是还要防止动作大了抻着伤口。牛夫人和那个男人快步走过来。

“嘿！燕妮！”牛夫人叫住了燕妮。

燕妮和小康站住。

“刚才一转眼就找不到你了。这位是？”

“我老公。这位是牛总的夫人。”

“你好。”小康跟牛夫人点点头。

“你好。这位是我男朋友小熊。搞话剧的。”

牛夫人不遮不掩，如此公然地介绍她的小男朋友，燕妮很是意外。

“燕妮，我跟你说两句话呗。”

“我送大哥上车，你们聊。”小熊说。

“腰上打着石膏，你小心点儿。”燕妮叮嘱着小康。

“知道了！”一有外人在，小康总是自动切换到好面子的臭老爷们儿频道。

燕妮把车钥匙交给小康，不放心地目送着他被小熊搀扶着走向停车位。小熊倒是看起来十分仔细体贴。

“小熊是不是很帅？”牛夫人看着小熊的背影，满眼的爱意。

小熊没有帅到哪儿去，但要是跟牛总比，那真的是一个天上，一个地下了。光那两条大长腿，就够牛总爬一个月的了。但是牛总是熟人，燕妮当然要站熟人，她不肯为小三点赞。

“你要找我说什么？”燕妮问。

“人生就是一场修行，修行的法门很多，你懂的。”

“这个，我还真不太懂。”燕妮很意外没脑子的牛夫人嘴里竟然抛出了修行二字，兴许是受了小男友的熏陶吧。

“别气馁，等你以后经历的事情多了，自然就会懂了。”牛夫人知心大姐般宽慰着燕妮，“我就在修行中。我和老牛都在修行中。我会跟他分享我的心事，我的一切想法。他什么都知道。我们是最健康的夫妻关系。”

“那可真好。”

“我就知道你懂我，真是我的好姐妹。有事儿说话。”牛夫人说着给了燕妮一个亲昵的拥抱，把燕妮别扭得不行，哪儿跟哪儿啊。

在开车回家的路上，燕妮跟小康描述了她们俩的对话。小康坐在副驾驶座位上，身子前倾，不敢靠背。

“神经病，那女人神经病吧？不是神经病就是缺魂儿。想堵住你的嘴就直接说，找的这理由也太他妈弱智了。跟老公分享这事，还不被一脚踹出去？”

“谁知道，也许人家夫妻俩的关系就是这么酷吧！”

“快别糟蹋修行俩字了。不过那小伙子还不错。可惜俩人怎么看怎么不般配。”

“一个傍大款老婆的男人，有啥不错的？他要是直接傍大款，从厂家直接拿货我倒还高看他一寸。”

“你还真不能小瞧人家。人家跟几个哥们儿一起搞了个剧社，还请我去看他们的话剧呢。”

“你说，他跟牛总老婆在一起，是不是为了给剧社融资？我还以为那个牛总他老婆有钱就满足了呢，没想到也这么有追求。”

“我真是服了你们女人的联想能力。你别说还真有可能。你们牛总一定不知道，他的钱有了这么一个有意义的去处。”

“越说我越觉得，牛总直接娶了小熊就好了，还少个中间商赚取差价。”

“问题是牛总跟小熊情不投意不合啊。而且俩人还都不会生孩子。”

“你说小熊真的跟牛夫人情投意合吗？”燕妮问。

“那个傻女人？呵呵。”

“他没准也有自己喜欢的女朋友或者男朋友，我好像看见了一条完整的生物链，缺谁都得崩。”

“你怎么知道完整了？谁知道你们牛总那头有没有别的枝杈。”

“也是。他们是不生活在一起的一家人，其乐融融和谐共处。咱绝对不能管，管了就不稳定了。”

“但是道义上必须批判这种行为，我是老师。而且，我不信他们不崩，走着瞧。”小康说。

30

销售部的员工都被裴总叫去开会了，办公室只有马鹿和燕妮在，空空荡荡，冷冷清清的。到了中午吃饭时间，员工们还没回来，也不知道去哪儿解决了，燕妮就和马鹿俩人一起下楼去吃饭。燕妮当然尴尬，但是就算不续约，最后一班岗还是得站好，该做的工作也还是得做。职场混了这么多年，要是玻璃心，早死了。

“你自己的事儿想好了吗？”燕妮问。

“嗯。”马鹿一个米粒一个米粒地吃着，“我已经做了手术了，昨天下班回家做的。”

“怎么不休息？不是跟你说了一定要休息吗？”

“我什么感觉都没有。”

“有就麻烦了。你妈妈是不是不知道？”

“不知道。我没敢告诉她。大家都争分夺秒地干活，我不舍得休息。”

“你的工作性质跟他们不一样。”

“我知道。但是裴总问过我的想法，她说现在正是关键时刻，就算助理也一定要顶上，如果我决定要孩子，她就考虑招新人来代替我。我不想丢了工作。”

“裴总什么时候跟你说的？”

“昨天，在电梯里碰到的。”

“有劳动合同，你丢不了工作的。”

“可是我不想被边缘化。我听裴总那意思，她挺希望我能努力的，我怕不那个什么的话……”马鹿声音越来越低，几乎听不清了。

裴总的手竟然伸到自己的助理这来了，对一个怀孕女员工做如此的暗示，真是太罪过了，难道大家都跟她一样她才高兴吗？燕妮很搓火，更搓火的是，马鹿怎么可以就这么因为一个暗示就打掉了孩子，她是觉得自己根本不能保护她了吗？

但是马上，燕妮就意识到，自己还真是保护不了马鹿，因为她连自己都保护不了了。燕妮的手机响了，是银行的到账短信提醒，发工资了，钱数比往常少了一万块钱。燕妮不明白，拿起电话打给财务，财务说没有搞错，是牛总批的，她也不知道怎么回事儿。

燕妮找到牛总询问。

“哦，这事儿啊，确实是我批的。钱公司一分都没有留，都作为奖金，分给裴总的两个助理了。两个年轻人很不容易，尤其是那个男孩子，听说自己供着房子，每月都得还七千块贷款，压力很大的。”

“他压力大跟我有什么关系？”

“别这么说，你作为老前辈，就别跟新人争了，不就一万块钱吗，你又不是没有。”

“牛总，您这逻辑我真是跟不上了。这孩子又不是我雇的，他干他的活，我干我的，凭什么他的工资要由我来支付？而且这跟我缺不缺钱没啥关系吧！”

“也不能这么说，那俩孩子可是干了很多你应该干的。”

“不对，该我干的，我一点儿没少干。”燕妮反驳着。

“让你开设新店你不是就没干吗？你要是干了，也就不用雇这俩孩子了，裴总也就不用亲自上手了。”

“可是这本来就不是我工作啊，我该做的工作一点儿没少做。”燕妮坚持，一万块不是小数，值得一争。

“开新店也是你该做的工作。小杨啊，你最近是怎么了，老是为钱啊权啊地跟我讨说法，你以前可不是这样的。是不是怀孕的事搞得情绪不稳定啊？我希望我们俩这是最后一次进行这样的谈话，公司是我们大家的，公司好大家都好，做人呢，心胸得开阔些，格局大些，别太钻牛角尖。”

“知道了牛总，我先走了。”领导都是只看结果不问过程，燕妮多说无益，站起来要走，被牛总叫住。

“等等，我还有事儿要跟你说，好事儿。”

牛总给了燕妮一个好差事，让她下个月代替自己去美国洛杉矶开年会，来回十二天。

“孩子小，我走不开，再说了，洛杉矶我也去得不爱去了，你替我去吧。”

“那销售部的工作怎么办？”

“这都什么年代了，通讯这么发达，到了美国，一样可以遥控指挥啊。年会就是公费度假，就当是公司给你的奖励吧。”

这算什么，说是美差，但是在公司正需要人的时候把自己支走，是嫌自己碍事了，需要给新人腾地方，但是又不好直说吗？也行，该腾就腾吧，公司目前的局面燕妮也确实待着很难受，她已经成了光杆司令，每天这样出入销售部，她难受，大家也别扭。按现在这个情况看，续约恐怕比较困难，不去白不去，就按牛总说的，算是公司最后给自己的一点小奖励吧，关键还不花本公司的钱。

燕妮接受了牛总的顺水人情，不谢。

小康很喜欢这个安排，伤口已经基本痊愈，学校也马上要放暑假，正好可以跟燕妮一起去美国玩几天。

31

小希一直没回燕妮的微信，她原本说下个月要举办婚礼的，但是一直到现在都没给出燕妮准确的日子。小希所说的婚礼不是要走红毯的那种，就是亲戚朋友一起吃个饭，小希根本没精力操持婚礼，连参加的兴趣都没了。但是不管是什么，燕妮都是要去的，哪怕当天去当天回也得抽空去，她想亲眼看看小希，和她的生活。

“婚礼时间定了吗？”燕妮直接给小希打电话。

“不办了。”小希说话气倒不上来，十分疲惫，“他妈不是本来想让他跟县政法委书记的女儿结婚，被我劫胡了吗？他说办婚礼会刺激那家人，他不想得罪他们。小地方你不懂，得罪了人确实不好办。”

孩子出生后，小希突然就像变了个人，不是母爱大发，而是元气大伤，对现状的接受度高到燕妮无法相信。小希看起来很强势，但其实外强内弱，被环境改变和吞没是早晚的事。真正的强势是裴总那样的，杀人于无形中，还不屑于做所谓的表面文章。

“以前特别想要婚礼，越盛大越好，现在忽然觉得这事儿没那么重要，跟婚后幸不幸福一点儿关系都没有。”

燕妮自己也没办婚礼，她一直想不明白为什么要办婚礼，就为了当众宣读婚礼誓言吗？好的，宣读了，大家也听到了，然后呢？日后违反誓言再当着大家的面拉出去枪毙吗？燕妮参加过很多次婚礼，看到的新郎新娘，尤其是新娘，大都是满眼血丝强打精神地在生抗，哪里美好了？婚礼来宾众多，事无巨细，新人为了把婚礼办得尽善尽美，不留遗憾，大都事必躬亲，连续的操劳、兴奋，再加上婚礼当天精神高度紧张，不累才怪。燕妮一直认为，说“婚礼是生命中最美好的一天”特别反动，难道之后的日子都不能往更好里过了吗？

“那怎么着，回来不？请个保姆帮你带孩子，你调整下状态去工作。那个机会还给你留着呢。”燕妮再一次试图劝说小希。

“我不能回去。主要是孩子不能生活在单亲家庭，对她成长不利。”

这话对也不对，对孩子成长不利的不是单亲家庭，或者多亲家庭，而是缺少爱的家庭。小希的理解太狭隘了，但这事儿不是电话里能掰扯清楚的。

“听你这话，你是准备一辈子生活在那里了？”燕妮还想拉小希一把。

“婚都结了，一家人就得在一起啊。我没跟你说我登记了吗？”

“没啊。”

“我怎么这么健忘，我记得登记了就告诉你了。”

“我恭喜你了吗？”

“哈哈哈哈，没！快恭喜我！”小希笑得特别开心。

燕妮已经很久没听到小希笑得这么通透了，她觉得自己不该没完没了地献计献策了。

“恭喜，等我的礼物！”

“她是不是对结婚有什么执念啊？”小康问。

“有，她觉得婚姻是神圣的，婚姻是女人的归宿。她信这些。反正从我认识她那会儿她就这么想的。”

“我不是特别理解神圣的意思，婚姻不就是个制度吗，非得忍着不安，忍着痛苦，赴汤蹈火也要拴在一起，就神圣了吗？”

“也许吧，她骨子里是个文艺女青年。脑子里有很多传统的信条，然后逼着自己去追求。比如婚姻。”

“那恭喜她，她成功了。看着比谁都时尚都现代，结果观念比谁都传统。这也说明了婚姻制度存在的意义，有人真的感到了幸福。”

小希的男友给她在县城边上租了个一室一厅，算是她俩暂时的小家。房子燕妮在小希的自拍里看见过，很简陋，家具很少也很土，跟电视里很多不讲究的小城市人家一样，客厅里摆着塑料储物柜，储物柜里放不下的东西就都顺着墙边码放在地上。燕妮没说什么，但她很惊讶小希怎么受得了，当年她和小希一起找合租房的时候，在钱允许的情况下，小希可是百般挑剔，位置、格局、朝向、装修、家具……住进去后还换了窗帘买了地毯，连喝水的杯子都好几种，喝咖啡的，喝茶的，喝饮料的，喝白水的，分得很清楚。因为名不正言不顺，也因为不是衣锦还乡，小希根本没有自己的生活圈子，甚至没法在当地生孩子。小希的男友就说，城市太小，生孩子的消息会传得太快，他不想得罪政法委书记。小希于是又发挥出一不怕死二不怕遭罪的莽撞精神，愣是在住处附近的私人诊所找了个没有正经行医执照的医生，到自己家里给自己接生。

“我亲手剪断的脐带。”小希事后跟燕妮说起的时候，无比的骄傲。

“天哪！”燕妮吓得够呛，“你是真不怕出事儿啊！”

“怕什么，以前女人生孩子不都这样吗？多大点儿事啊！”

燕妮有点恍惚，她觉得小希似乎穿越到了一切纯手工操作的农业社会，她真的想不明白小希这是为什么，也没法把这些牺牲跟幸福挂起钩来。她相信，如果小希的妈妈知道了，也一定跟自己一样担心。

“你不能从你的角度去判断。也许有些东西在她眼里没那么重要，所以扔了也就扔了，她不觉得代价有多大。她追求的意义你不懂。”

“确实。”

燕妮想起那个在山里收养流浪狗，也收留了妈妈的阿姨。妈妈曾经跟燕妮说过，那个阿姨从小就爱看各种苦情小说，总是不自觉地跟小说中的苦情女主人公产生认同，顺顺利利的爱情对她来说没有美感，只有让她心碎让她受尽折磨的才是她想要的。就这样在爱的苦海中追求了半辈子，最后一无所有遍体鳞伤地归隐了山林。当年听这个阿姨的故事时，燕妮就好奇，一个人的命运到底是怎么样写就的，那个阿姨是怎么拿起第一本苦情小说并沉醉其中的，为什么燕妮就看不进去那些小说呢？这一切到底是偶然，还是命运之手支配下的必然呢？

“你的视角太世俗。我的也是。”

也或者，这些代价是小希换取幸福的筹码，燕妮想。代价越大，筹码越高，换取的幸福越大，也就越有安全感。在燕妮目力所及的范围内，小希应该是最信赖婚姻的一个人了，没有之一。为了追求幸福的婚姻，小希放弃大千世界，穿越到社会化程度不太高的小县城，和相爱的人蜷缩在方寸之间，享受老公孩子热炕头的家庭生活。对婚姻，没有谁比她更纯粹更投入更忘我了。

是的，她幸福就好，为什么要把她从梦中叫醒呢？人往高处走不一定幸福，水往低处流确实很安宁。理解尊重小希的选择并且祝福她，才是一个朋友最该做的。燕妮自己劝说着自己，但是内心却很焦虑，总担心小希的这个梦不会长。

32

出国有很多手续要办，首当其冲的就是赶紧把身份证上的性别改过来。新的身份证终于办完了，燕妮接到派出所电话要她去取。

来派出所办事的人特别多，燕妮终于拿到了新的身份证，看了一眼差点儿笑喷了，性别一栏赫然写着“异常”。燕妮喜欢这个性别分类，她不想马上修改，先带回家暖暖再说。

总公司每年开年会的地方都不一样：新西兰，夏威夷，南非，日本。今年是洛杉矶，反正哪儿好去哪儿。往返机票和酒店由美国总公司统一安排，小康也买了头等舱跟燕妮坐在一起，但是他不想去那家酒店住。

年会的酒店在贝弗利山，燕妮和小康来之前上网查了查，酒店相当奢华，正是旺季，合人民币四千块一晚。住十个晚上就是四万，又不是度蜜月，小康不想花这个钱，也不想蹭老婆的房间住，被人知道了不好看。同事老张给小康推荐了个地方，是他的外甥女两口子开的家庭小旅馆，在圣莫妮卡海边。

早就听说洛杉矶公共交通不发达，出租车也很难打，燕妮提前租了辆车。圣莫妮卡离机场近，下了飞机后，燕妮和小康一起开车先送小康去小旅店。

从机场到圣莫妮卡，一路的景色不怎么样，燕妮看着，一点也兴奋不起来。

“怎么房子都这么矮？”

“这是洛杉矶，又不是纽约。”

“又矮又旧，还没特点，一点儿活力都没有。跟我们大北京没法比。我好像到了通县。”

“我还挺喜欢的，这才是稳定的中产阶级城市该有的样子。我对一切的不求上进有兴趣。”小康说。

燕妮没有小康那么平和，也做不到那么放松，她的内心一直渴望着能被异国风情猛烈地涤荡一下，让她忘掉两个月后可能的失业，但是燕妮心事太重，洛杉矶做不到。

“好不容易出来玩一趟，就别沉着脸了，搞得人怪紧张的。”

“我可能会失业。”燕妮说，她本来想回去的路上再说的，怕影响了小康的兴致，但是这事毕竟太大，还是没忍住。

“不怕，我养你。你也该好好休息休息了。”

“用你的工资吗？”燕妮心情不好，也顾不上照顾小康的面子了。

“我没跟你说，我马上就要做翻译了。书，还有电影电视节目的字幕翻译都做。如果活多的话，一个月也能小万块收入呢。”小康并没有觉得面子不好受，他很得意地向燕妮求表扬。

“啊？那可太好了！”燕妮很高兴小康终于把专长兑换成了自己最爱的人民币。

小康的工资算上年终奖税前平均下来一个月一万，燕妮的工资算上提成和年终奖税前平均下来一个月九万多，一个小家庭一个月的收入突然少了九成，任谁也不愿意接受。燕妮还想再买套大的房子，一辈子就这么一套两居室，她不满足。燕妮和小康的房子在一座普通的住宅楼里，二十四层塔楼，一层八户。俩人粗略地统计过，一百九十二套房子有至少十层在做商用，文化公司，美容院，早教班，小饭桌，瑜伽私教。有十层在闲置，常年不开灯，还有至少二十层在出租，几乎每个月都有人装修。气象很乱。这也许就是发展中国家生机勃勃的生活侧面，但实在让人爱不起来。燕妮和小康都想在郊区买套别墅，躲开这一切，独门独院，好好地布置自己的家。工作归工作，家就该有家的样子。虽然大部分的收入都存进银行做了理财，但是坐吃山会空的，养孩子更需要钱，而且是大缺口，无底洞。燕妮只有三十三岁，她还想过上更好的生活，而不是就此止步甚至倒退。

“可是，为什么会失业呢？国家政策不保护孕妇吗？”

“保护，但是我没踩在点儿上。也不想钻空子。”

燕妮把怀孕和工作的利害关系粗略地跟小康说了一遍。小康半天没说话。

“所以，如果我现在怀上孕了，就意味着要回家，等一年后生孩子生下来再复出找工作，如果一时半会怀不上，也得回家，等什么时候怀上了，生了再出来找工作。也不会找到这么合适的岗位了。”

“不会吧？”

“年龄三十五岁以上的女性，家里有小奶娃需要照顾，而且已经跟社会脱节一两年，谁还会把重要的岗位给你。”

“我为什么要坐头等舱？！”

“头等舱咱还是付得起的，再说了，我这不还全免费呢吗？一平均就不贵了。”

“要不就不生了。我不是怕家里钱少，我是怕你以后会失落。”

“不生，我怕你以后会失落。”

小康不吭声了，这道题不好解。

33

终于到地儿了，眼前的房子比老张给的照片看起来还新一些，外墙灰不溜秋的，是个很简易的别墅。门上贴着张字条，用中文写着：康，你好。我们五个去海边玩了。钥匙在门口地毯下面。自己进去吧，楼上蓝色门的房间。厨房在一楼，自己看着吃喝。一会儿见。

“心真大。”燕妮说。

“来住的人，都得有朋友做担保，所以他们放心。”

“不是说就小两口吗，怎么还有仨，还有谁？”

“不知道。房客吧？”

小康从门口地毯下摸出钥匙打开门，和燕妮拎着行李走进去。所谓的家庭旅店，真的是住在家里面。主人住楼下，楼上的两间卧房用来出租。房间比酒店的标准间大点儿，布置得没有风格，但是相当干净，阳光异常充足，从房间窗户往下看还可以看见大海，虽然离海有点儿远，而且前面有七七八八的建筑挡着，看不全。楼下就是街道，有人在走路，有人在跑步，人车都不多。窗玻璃就是最简单的那种玻璃，没有中空没有三防。

燕妮并不满意，“你真的决定住这儿？”

“对啊，多好！海景房啊！”

“还是去酒店住吧，酒店条件怎么也比这儿好。好不容易来趟美国，不能太对付了，得对自己好一点。”燕妮的高标准严要求处处闪光华。

“不，我喜欢这儿，这儿多安逸，特别像一个翻译家的家。你就不能夫唱妇随一回，像你们小希一样？”

“不能。我有工作。”

因为在飞机上提前倒好了时差，燕妮和小康并不困。燕妮帮小康收拾好东西，正准备走，三条狗狗冲进来，凑到燕妮和小康身边摇尾巴。燕妮高兴坏了。

“天啊！狗狗！”燕妮大叫起来。

燕妮打小就特别喜欢狗狗，可惜妈妈不让养。妈妈也喜欢狗，但是她说狗狗的寿命短，养个十多年走了，人会受不了。林黛玉般的妈妈敏感多疑，特别怕受刺激，一直努力地逃避所有的生离死别，但是还是没有逃过自己的宿命。

爱兰和老公跟在狗狗后面进了家。爱兰二十七八岁的样子，瘦瘦小小，皮肤被晒得黑黄黑黄的，她老公则又高又白，是美国第三代移民，俩人都穿着松垮的大背心。

“她叫爱兰，我叫‘兰’。”爱兰老公自我介绍说。

“他自己改的名！他以前还叫过只爱兰，不爱兰——”爱兰说。

“还有恨兰，想兰，好多，我都记不起来了，看心情。哈哈！”

“Ben,Ricky,Ryan。”爱兰介绍着三条狗狗。

原来爱兰说的五口是算上了它们。燕妮喜欢这个说法。

爱兰一边招呼燕妮和小康，一边跪在地上，擦着被大金毛踩出泥脚印的地板，爱兰老公则带着三个毛孩子去卫生间洗沙子。俩人此起彼伏地喊着“no！ no！ no！”可是三个毛孩子根本不听。这一家人过得很欢乐。

燕妮开车到酒店，到酒店会议接待处办了会议签到手续。签到处的工作人员又将燕妮带回到公司的气氛里。燕妮无比想念三只小毛孩，索性退了房，拎着行李出了酒店，上车，回那个接地气儿的小家庭。

燕妮回到小旅店的时候，大家已经开始吃饭了，很丰盛：土豆泥，面包片，沙拉，水果，还有红酒和饮料。

“正好，快来一块吃吧。不过我们俩吃素，家里没有肉。”爱兰老公说。

“没问题。我开始困了，吃不下什么。为什么吃素？”

“动保，他们俩都是动保人士。不吃一切小动物。”小康解释说。

“哦，真好。”

“不过他们三个爱吃肉。没辙。”爱兰指的是三个狗狗。“小康不喝酒，说你们在封山育林。所以你也不喝吗？”

“是哈。这家伙连这个都说。不过我本来也不喝，一喝就醉。”

“怀孕讲究好多，还好我们根本就没打算要孩子。”爱兰说。

“因为我们已经有三个了。”爱兰老公说。

爱兰扒拉扒拉老公的脑袋，“我有四个。”

“你们还年轻，现在不要，等再过两年改主意了，就不好要了。”小康以过来人口吻传授着教训。

燕妮瞪了小康一眼，这种隐私的事也拿出来说，真是不会聊天。

“我们不会改主意，我们爱我们的狗狗。”爱兰老公说。

“狗狗就是家人，就是我们的孩子。能满足我们的情感需求。养孩子太麻烦，还得操心他的社会化。狗狗就不需要这些。我们还有自己的事要做，我们俩都想过简单的生活，简单快乐。我们不觉得我们需要孩子。”爱兰说。

“其实我也不明白你们为什么那么想要孩子。两个人走到一起是因为两个人之间互相喜欢，干吗非得费劲巴拉地再造出第三个人来供养他呢？又不是孩子让我们走到一起的。而且性别性格什么都不知道就来了，带着一堆的未知横在我们俩中间，这太可怕了。想都不敢想。” 爱兰老公说。

“孩子是自己的骨血，感情会不一样的，什么样的都会喜欢。”小康说。

“那可不一定。狗狗不是我生的，但是谁伤它一下试试，我一准儿拼命。我对他们的爱，不比别人对孩子的爱少，跟血不血缘没关系。我一直怀疑血缘说是个骗局，是为了防止大家不生孩子编造出来的。”爱兰老公说，“当然，多亏我们的爸妈跟我们的想法不一样，不然就没我们了。”

爱兰两口子从哈佛大学数学系博士毕业，现在一家科技公司做远程技术支持，程序员的一种。这真是想得明白的一对。

“三角最平衡没错，但是这第三个点不一定是孩子。对我俩来说是事业，我们俩其实很忙，再来个孩子根本应付不了。应付不了就得找第五个点帮忙，也许还得有第六个点，异型靠不住，生活就乱套了。”爱兰老公继续说。

燕妮和小康都想到了牛总的生物链。

“他总是跟别人宣扬他的理论，想普度众生，至今仍然只有我一个信众。哈哈！”爱兰说。

“两个了，我认可这个理论。”

“我现在叫爱燕妮了，行吗？”爱兰老公调皮地征求小康的意见。

“一个小时后决斗。”小康发言。

“我错了，我是和平主义者。”爱兰老公迅速认怂。

“哈哈，明天要住进来一对德州夫妇，他们去年就来过，人家住进来是要生孩子的，他也跟人家讲这一套，男的听了他这一套理论直接说‘bullshit！’，然后他直接说我错了。”爱兰欢快地揭发着。

“他们家太牛了，住在一起的有：他老婆的父母，他老婆一辈子没结婚的姨妈，他们两个，男人的没工作的弟弟，他们的三个孩子，其中两个孩子是男人跟前妻生的；还有两条狗，三只猫。他们也都有工作，男的是长途车司机，女的在快餐店打工。哦，对了，他们去年还刚要了个孩子。而且一大家子过得很好，根本就没那么多事儿。我决定以后不跟没受过高等教育的人聊这个了。他们烦恼的事儿跟咱们不一样。”

“可是，他们俩想要孩子，为什么来这儿？”小康不解。

“因为需要我帮忙啊！”爱兰老公一本正经地说着。

“哈哈！瞧把你能的！我们这儿附近有家医院，有个叫马克思的大夫做试管婴儿特别有名，成功率据说能达到百分之七十五。他们自己要不上，就想借助外力。”爱兰说。

34

因为倒时差，吃完饭，不到九点，燕妮和小康就困了，回了自己房间。

“俩人把老张夸成了花。说他对老婆的真爱，可歌可泣。”小康转述着燕妮回来之前他和爱兰两口子的聊天。

“你咋说的？”

“说确实。我也很感动。”

“以后再听见可歌可泣的事儿，都得打个问号了。”

两人有一搭没一搭地说着话，就睡着了。

半夜三点，燕妮迷糊着醒了过来。如果不续约回家专心怀孕，但是一直怀不上，一年两年都怀不上可怎么办？想到此，燕妮一惊，就再也睡不着了。试管婴儿也算计划生育的一种，现在至少知道了往哪儿使劲儿。而且，这个成功率也太让人心动了。燕妮开始在手机上查询马克思大夫和他所在的圣马丁医院，她已经尽可能轻手轻脚，还是把小康吵醒了。

小康走出卧室上了个卫生间回来，放在床头柜上的手机屏幕亮了，他拿起手机看着，是微信，来自燕妮。

“发错了吧？”

“没。这是马克思所在的医院。”

“马克思？”小康一时没反应过来，他不记得马克思来美国看过病，如果来过，那恩格斯知道吗？

“昨天爱兰说到的那个大夫。”

“哦。想去？”

“我明天上午开会，是今天，今天上午开会。你先去看看啥样，离这儿不远。能预约就先预约上。”

“行，我先去相相面探探路。”

“别再跟爱兰他们说了。又不是啥好事儿。”

“哦。”小康答应着，倒头又睡过去。

会议就在酒店的会议厅举行。燕妮知道总公司是跨国的，规模不小，也看过各种图文介绍，但是亲眼目睹的感受还是很不一样。会议厅高端气派，世界各地的代表齐聚一堂，每个人都头面齐整，燕妮莫名就升起了荣誉感。但是想着不久的将来自己很有可能不再属于这家已经效力了三年的公司，燕妮忍不住失落和伤感。

燕妮拿出手机，点击查看朋友圈。作为销售部的头儿，她竟然沦落到只能通过朋友圈来获悉自己员工的动向，真是悲哀。燕妮来美国前的两天，销售部的人就都被裴总安排，出发到各地去考察新店店址了。大家几乎每天都会在朋友圈更新各种动态，看起来一个个干劲儿十足，裴总则会在每一条下点赞。距离果真产生距离，燕妮站得远，更加看清了自己的尴尬处境，她都不知道自己是怎么扛过那些天的。燕妮很佩服自己。

小康来到圣马丁医院。医院离爱兰家很近，走路五六分钟就到了。这家私人医院开在一座十层小楼的顶层，面积并不大，但是很安静，一间间诊室的门关得很严，音乐若有若无，装饰装修优雅，地毯吊灯看起来都不便宜。一些病人和家属零散地坐在休息区的沙发里，喝着饮料，吃着点心，看着杂志，玩着游戏。休息区有两个巨型鱼缸，养着一些罕见的热带鱼。

小康正四下看着，一个穿着护士服的白人护士就走了过来，用中文小声地询问小康。

“你好，有什么可以帮助您的吗？”小护士的中文说得特别外国人。

“你好，我想见一下马克思大夫。”小康本来想告诉她，自己会英文的，但是想了一下忍住了，觉得让一个漂亮的白人小护士迁就自己的语言感觉更好。

“请问有预约吗？”

“没有。我刚到美国，刚听说马克思大夫。”

“不好意思了，您需要提前预约才可以。”

“那我现在预约。”

“您跟我来。”

小康跟着护士走到护士站，护士在电脑上查看着。

“马克思大夫最近的预约时间是 9 月 10 号。”

“啊？还有两个多月！算了，不用了，谢谢。”

35

会议第一天日程安排得很满，燕妮参加完答谢晚宴才回到爱兰家。

燕妮进了屋，爱兰家正在办 Party，多了几个人，燕妮来不及细看，三只狗狗就从三个地方跑过来，摇着小尾巴迎接燕妮。燕妮狠狠地拥抱完三只小毛孩，又各自亲了一大口，看到小康正专心地聊天，就径直上了楼，三只小毛孩欢快地跟在后面。

燕妮进到房间放下包，在三只小毛孩的监督下，换衣服和鞋子，准备一会儿下楼去找吃的。

燕妮在答谢宴上吃得不多。做销售的，跟人打交道是很重要的工作内容，应酬自然少不了，很多谈判不可避免地发生在餐桌间、酒席上，她没法回避。虽然酒量很大，但燕妮一直对外宣称酒精过敏，席上从来滴酒不沾，不然怕是不醉不能归了。为了让血液更多地停留在脑子里而不是涌向胃部，以保持清醒的应变能力和抗骚扰能力，燕妮在酒席上很少吃东西。独自行走江湖，不自保不行，燕妮的一身男装行头，偏中性的打扮，除了她觉得穿着舒服利索外，也是给自己加的一层保护色。雌雄不辨，取向不明，能无声地帮燕妮屏蔽掉很多干扰。燕妮告诉小康自己这个想法后，小康当时就难过得落泪了。但是哭完也就完了，他帮不了她什么。

燕妮换好衣服，又带着小队伍下了楼。餐台上有好多吃的，燕妮走过去，坐下来吃东西，三只小毛孩好像完成了任务一样，摇着尾巴跑走了，小康走了过来。小康跟燕妮说，德州女人今天上午就到了，去医院做检查认识了两对病友，爱兰两口子都很喜欢热闹，临时决定把大家都请到家里，办Party。小康的语言天赋突然在异国他乡有了用武之地，一向不爱热闹的他格外兴奋。

“那俩男的，是插画师，那个女的，是胖点儿的那人的前女友，从纽约来，是个舞女。”小康给燕妮介绍着。

客厅窗边，离燕妮不远处站着两男一女，两个男人都穿紧身白背心搭配肥大的花裤衩，上身的肌肉几乎要把背心撑破。女的穿着黑色吊带裙，一头金发，身材高挑，丰乳肥臀窄腰，就像从维秘舞台上走下来的天使，燕妮似乎还能看到她背上的金色翅膀。三个人都很年轻漂亮，但是女人漂亮得更明显。

“脱衣舞吗？”

“没敢问，她就说是 dancer。”

“怪不得，好漂亮！”燕妮情不自禁地夸赞着。

“没觉得。太大只了。”小康又开始口是心非了。

“他们仨什么关系？”

“好朋友关系。女的答应借肚子给他们俩。”

“哦哦哦！借给哪一个？”

“俩。同时放进俩人的两个受精卵，这样就可以生下一对双胞胎。”

“Perfect!”燕妮熟练掌握的英文单词不多，怕露怯也不敢随便用，但是此时她却脱口而出。三个超凡脱俗，自带发光体的美人，连做的事儿都超凡脱俗。

燕妮吃了几口东西，跟着小康一起走到沙发处。

“燕妮，Michelle，Allen。”小康介绍着。

Michelle 给了燕妮一个热烈且柔软的拥抱。Michelle 大约四十岁，就是燕妮印象中的美国人人到中年后的样子，又高又白又胖，坐下后，肚子上的肉能堆出三沓来，像尊塔，但是精力充沛，看起来身上的力气好像怎么使也使不完。Allen 坐在轮椅里，咧嘴笑着跟燕妮说了声“Hi”。

“他受伤了。”趁大家用英文说话的工夫，小康跟燕妮解释说，“去年圣诞节，他们两口子去给家人买礼物，结果刚出超市就遇到枪袭，Allen 赶紧用身子护住 Michelle，结果被子弹打中了腰椎，瘫了。”

“妈呀！”这一刻，燕妮真真切切地感到自己确实来到了美国，小康保护自己的那一幕在遥远的美国也在上演，只不过惨烈了太多。她看了看小康，小康心意相通地把胳膊搭在了她身后的沙发背上，给了她一个若有若无的环抱。

燕妮觉得面前的两个语言不通的德州人跟自己格外亲近。燕妮想，如果坐在轮椅上的男人现在和爱兰老公决斗，她一定抄起茶几上的红酒瓶，跳起来先把爱兰老公打倒在地。帮亲不帮理，就是这么有原则。

“所以呢？他们去年预留了受精卵还是精子？”

“为省钱，没留。他们明天会去医院精子库挑选精子。Michelle 想选个亚洲捐精者，而且希望就长我这样。这是不是足以证明我的颜值得到了国际认可？哈哈。”小康孩子似的得意忘形道。

“切，只能说明你长得太亚洲，太没特点了。”

“我不跟你好了！”小康脸上的笑直接僵住了，撒娇地赌起气来。

燕妮话虽这么说，但是脑子里已经开始设想小康捐精的可能性了，也算乐善好施的一种，反正富余，浪费了也就浪费了，没啥不行的。

“不行！我不同意！”燕妮跟小康说了自己的想法，遭到小康的坚决抵抗，“老婆和精子绝不外借。”

“我在洛杉矶呢，对，来谈生意——走向世界是必须的。”一个中国男人讲着电话从卫生间走出来，声音不小。

“从国内来的，做贸易的，说是准备在美国开公司，正可劲儿想认识各种人，发一圈名片了。我忘扔哪儿了。”小康低声说。

这个中国男人大约三十岁，穿着粉色的短袖衬衫，头发自来卷，头面修得很精致，戴着无框近视镜。燕妮平生打交道最多的就是生意人，大中小都见过，从男人镜片后滴溜乱转的眼睛和浮夸的说话语气来判断，这是一个自以为是，优越感爆棚的生意人，不占便宜就是吃亏，不管他的生意实际做得有多大，他都会放大十倍来吹嘘，燕妮本能地想疏远这种人。

“你好美女，我，岳家轩。这是我的名片。”自来卷挂断电话，看见燕妮，热情地走过来，递上自己的名片，在燕妮对面坐下。

“你好，我叫燕妮。不好意思我没名片。”燕妮微笑着礼貌地把名片收下了。多反感都不能挂在脸上，这是燕妮对自己的要求，也算是职业素养的一种，小康就做不到。小康曾经说过燕妮的做法是伪善，会让对方误以为自己是对的，然后向错误的方向越走越远。燕妮说自己没有精力治病救人，而且这样的人真的会因为别人的冷漠态度反省自己吗，错，他会觉得别人是在嫉妒他。小康听完，直接吐血。

“你们也是来做试管的吗？”

“不是。”燕妮说。

“我们也不是。”自来卷好像被伤了自尊，迅速反击。

“喂！那我干吗来了？割双眼皮？”

燕妮回头去看，才发现身后的地毯上还坐着个女孩，很年轻，像个大学生，顶多二十出头，满脸的胶原蛋白，一身的高仿潮牌，低头玩着手机。

“我不是说我们不是来做试管，我的意思是，我们不是为那个来做试管的。你懂的。我只是想鉴定下性别。我想要男孩。”自来卷得瑟地笑着，生怕被大家误会自己无能。

燕妮明白他在说什么，她之前做功课的时候查过，试管婴儿技术是可以在受精卵阶段鉴定出性别的，但这在国内是违法的，被禁止的。燕妮不懂什么是女权，但是她打心底里反感任何重男轻女的观念，虽然她也想当男人。讨厌的人干讨厌的事儿，这倒也对。

如果按爱兰说的，马克思做试管婴儿的成功率能达到百分之七十五，那这三对就会有一对不成的，燕妮将票投给了国内那对，令人讨厌的基因还是不要继续繁衍了。

36

“你太厉害了，我搞不定的事你一出马就 OK。”

“哪儿是我厉害啊。是爱兰厉害。”

“你要不说出来，也不可能明天就能见马克思啊。”

因为受了万里之外裴总的刺激，也被德州夫妇的达观感染，燕妮把自己和小康七个月白忙活，也想考虑试管的事儿跟爱兰说了。两害相权取其轻，燕妮不糊涂。而且话一出口，燕妮突然觉得这他妈真的不是个事儿，屁大点的事儿也不是，自己是什么样就是什么样，没有什么好隐藏和假装的。她觉得自己错怪了国内那家著名的生殖中心，大喇叭广播只是为了不让病人错过看病时间，仅此而已。怀不上孩子寻找专业帮助，这到底算哪门子隐私？又不是性无能，没什么不好见人的。

知道小康去过圣马丁医院，预约不上马克思后，爱兰立即拿起电话打给马克思的老公，他们是大学同学。马克思明天下午预约的病人临时不能来了，她本来准备去参加乐队排练，爱兰终于说服她见燕妮和小康。

燕妮睡觉前习惯性地刷朋友圈，几乎不发朋友圈的裴总一连更新了三条，都是销售部各个员工在各地工作的照片集合，满满的九宫格图片，还附有文字“战斗！”“必胜！”“你们是最棒的！”，公司里几乎所有的人都点了赞，包括牛总，销售部的员工还在下面留言互相鼓励。燕妮不想点赞，她不喜欢虚情假意，也不想讨好任何人。

“咋了？”小康觉察到燕妮的情绪变化。

“公司来了个新副总，女的，裴总，比我能干。”燕妮言简意赅。

“还有比你能干的女人，那得啥样？”小康咧咧嘴。

“你是说，我已经不像样了是吗？”

“看你，我只是不太相信而已。我就是觉得，比你能干的只有男的了。我的意思是，因为男人不用生孩子。我说全面了吗？”小康被燕妮的思虑搞得有些紧张。

“但是男人还要分神泡妞谈恋爱结婚，她不用，她独身主义，生命中只有工作。”

“她不正常，你别跟她比。”

“我确实没法跟人家比，比不过。我一个人只是半个人，她一个人就是一支军队。”

如果不是备孕，而是每天四杯咖啡顶着，斗志昂扬，燕妮也许不会反对再开设十四家分店的决定，现在发朋友圈带队打仗的可能就是她。燕妮失落地想。

“所以，你也想当副总？”这大概是自打俩人认识以来，小康第一次问燕妮的职业计划。

“如果姓裴的没来，那个位置就应该是我的。”

“顺其自然吧，别想太多。”

因为顺其自然，不争不抢，小康已经好几年没涨工资了。

如果顺其自然，燕妮应该正在事业的高速路上全速前进，而不是半心半意半踩刹车地开始琢磨着怎么才能跟坐在副驾驶座位上的老公顺便生个孩子，然后被后来的车别下车道。好强的女人都不喜欢顺其自然，都愿意自己把握方向盘，于是在该停车坐爱枫林晚的时候，燕妮一骑绝尘拐上了高速路。现在要说不后悔，是假的。

姓裴的时速一百八十，燕妮现在只有八十，她不想被姓裴的顶了。副总的职位虽然已经拿不回来了，但只要战斗力在，没这个机会还会有别的机会。

37

马克思是个女的，没有大胡子，三十多岁，或者再老一些，酒窝漫长，眼窝深邃，眼睛蓝汪汪的，长得像麦当娜，带着侵略性。爱兰说她组建了一支四人女子乐队，经常四处演出，真是帅到超出燕妮的想象。马克思听不懂中国话，燕妮英文听力也很要命，医院是专门配备翻译的，但是小康不需要，他说得比翻译好。

马克思和小康一问一答，燕妮只有听的份儿。小康第二次磕巴的时候，燕妮忍不住了。

“你们在说什么？”

“她问我们，那什么的时候，都用什么姿势。”小康回答燕妮时，眼睛都不知道该看那儿。

“真专业。接着聊。”燕妮想笑。

“你说什么呢！这是大夫。”

“我知道是大夫，所以说专业啊！你想什么呢？”

“我没想什么。我想该怎么回答。”小康又羞涩了。

小康磕磕巴巴地继续回答着。燕妮坐在一边，看着自己的老公跟一个金发美女，当着自己的面，用自己听不懂的话描述着自己不可告人之事，那种感觉真的很别样。

燕妮和小康按照马克思的要求，各自去做了几项基本的检查。

“她说我没问题，达标。但是，你的子宫内环境不太好。”小康和燕妮又坐在了马克思面前。

“怎么会？我又没生过孩子。”燕妮问马克思。

“这跟遗传与年龄有关系，也许生过会更好。就好比一座老房子，多年不住人，年久失修，这就是你子宫的现状。”小康翻译说。

“所以怀不上跟这个有关系吗？”

“有，但是不绝对，怀不上原因很多。”

“那怎么办？她有什么建议吗？”燕妮看着小康，虚弱慌乱起来。

“有。她说，孩子不是不能在老房子里生活，但肯定不如在阳光充足的新房子里长得健康。”

“咱们离婚吧。”燕妮赌起气来。

“说什么呢！让人笑话。”

“反正她也听不懂。”

“办法很简单，经济条件允许的话，找个年轻健康的肚子，就是代孕。”小康翻译说。

“经济条件允许是指多少？”燕妮很关心价钱。

“折合人民币一百万左右，具体要看复杂程度，他们有细则，比如一次着床肯定就比折腾几次的省钱。”小康翻译说。

“这么贵！我一年的工资还不够代个孕！”燕妮惊道。

“看怎么理解。我们的代孕者综合水平高，法律健全，监管严格，出生的孩子还可以自动获得美国国籍。”小康翻译说。

“太突然了，没有思想准备，我得好好想想。”

“大夫说让回去好好商量一下，想好了再来，决定做的话，不管是试管还是代孕，都需要提前做一些检查，需要大概十五天左右的时间。我跟她说我们在美国只能再待十天，她说来不及了。”小康说，“以后再说吧。”

燕妮觉得眼前一黑。虽然没有想好马克思指的道要不要走，但如果因为时间仓促而不能走，燕妮不接受，她可以拒绝，但是不能被简单的客观原因拒绝，难道又要退回到茧中继续做无谓的挣扎吗？不。百尺竿头不甘心，燕妮想起了之前踩着高跟鞋在国内的三甲医院做的检查，从手机上把检查报告的邮件调出来给马克思看。

“很专业。这份报告我认可。”小康说，“所以，你的经期是哪天？”

小康因为腰有伤还不能使劲，俩人这个月没准备干啥。燕妮和小康都由内而外地得到了解放，连坚持了半年的每天早晨量体温都放弃了。马克思问起，燕妮才想起来，月经刚过八天。

“Perfect。”马克思打了个响指。

“用药促排卵大概需要十天，咱们走之前正好可以取卵。”小康说。

“你的意思是做？”

“哦，不，我只是在翻译。”小康连忙解释。

“做还是不做呢？”

“To be or not to be。”

“没让你翻这句。”燕妮英语再差，也听的懂这句名人名言，她阻止了小康的翻译。“我想知道你的意思，你。”

小康还没回答，马克思就又说了一堆英文。

“她经常在网上代购中国货，她说在她看来，代孕和代购差不多，自己买还是请人代你买，反正最后东西都是你的。”小康翻译说。

“对，不管孩子在谁的肚子里，对你来说都一样。反正基因是你的。”燕妮瞪了小康一眼。

“所以，我的意思不重要，还得看你。”小康给出了很负责任的回答。

38

燕妮和小康从马克思那里出来后，没有回住处，小康很贴心地找了家美式正餐带燕妮去吃。美食很美，但心事更重。一个比体重还重的包袱被挂在了思想上，导致燕妮的思想开始在原地打转，一会儿清楚一会儿糊涂的。

燕妮自认十岁就已经开始成熟了，在职场上可以理性应付任何突如其来的状况，在个人终身大事上也可以当机立断。但那不是为公司负责就是为自己负责，她担得起责任。但孩子这事儿不一样。

从不想要孩子，到决定要孩子，到考虑试管婴儿，到考虑代孕，好像有只无形的手一直在后面推着燕妮，一步一步地，燕妮每次都努力地超过命运半步，现在掌握命运的权利又回到了自己手里，燕妮却并不知道下一步该怎么走。

“我觉得值。我们可以很快就有自己的孩子，孩子能更健康，你还不受罪，也不用做出太多的改变，该干吗干吗。重点是，我不想看见你受罪。当然，我也不用再受折磨了，我说的是精神折磨，不是你折磨我，是压力。我们就都解放了，我也可以喝酒了。我想喝酒，不是小口喝，是大口喝。”小康大口吃着牛排。

小康永远吃嘛嘛香，燕妮很羡慕，但自己却做不到。

很明显，如果找了代孕，燕妮就可以毫无后顾之忧地全力奋战，可以跟公司续约或者跳槽，这一百万只不过等于一年白干。燕妮的职业生涯开始得还不久，她有信心可以走得很远，可以创造更多的价值。但钱并不是最重要的问题，燕妮最重要的问题是心理上的。

“让代孕替你怀，你就可以放心把时速提到二百，你马力强大,还有涡轮增压,超过她分分钟的事儿。就像男人一样，找个女人帮你生孩子。”

像个男人一样，找个女人帮你生孩子。这是燕妮听到的来自小康的最有价值的意见。小康说得对，她一直像个男人一样工作生活，为什么不能像个男人一样找个女人给自己生孩子呢？这样,生活才可以继续向好,继续前进,而不是暂停、倒退。有了这个第三者，燕妮顿觉身上的担子轻了，迈不过去的坎也迈过去了。这是不是在说明，传统的一夫一妻已经不足以应付现今复杂的社会生活了呢？

“可是，这样我是不是不配当妈妈？”

“照你这么说，我也不配当爸爸。我干啥了？”

“你是男人。”

“老天爷这么安排并不公平。他一定没想到社会有一天进步成这样。”

“都说母爱伟大 blabla…，我不亲自怀孕不亲自生，总觉得对不起谁似的。”

“我不觉得你对不起谁，反正没有对不起我。要说对不起，也就是对不起那些口号。”

“什么口号？”

“母爱最伟大之类的。你想过没有，这是男人为了让你们女人安心受罪设的套。伟大半天然后呢，给你们什么实惠了？你们高高在上了吗，还不是照样同工不同酬。这挺不合适的。问题是你们女的还认。”

“怀孩子受罪，生孩子疼，完然后还要养育，母爱确实很伟大啊。”

“这我不否认，但是伟大解决不了困境，花钱能。”

车轱辘话来回掰扯了几个小时，燕妮也没得出最后的结论。天黑了，俩人出了餐厅，溜达着回了爱兰家。

自来卷的女朋友也在，正在沙发里玩手机。自来卷参加聚会的那天，发现爱兰家一楼的一间小房间空着，希望爱兰可以租给他。那房间本来不是用来出租的，不过好说话的爱兰同意了。女孩下午接受完胚胎移植，就搬了过来。

“晓晓来了，你老公呢？”小康跟女孩打着招呼。

“我没老公。”晓晓从手机上抬起眼来瞥了瞥小康，继续低头看手机。

“哦，做完移植了吗？”小康觉得不再说一句就走会被认为是生气了。

“还得打十四天的针。”

“好好休息。”

晓晓不接下句，燕妮就和小康上了楼。上楼的时候，俩人的手机同时响起，是微信添加请求，来自晓晓，是通过搜索找到燕妮和小康手机微信的。

燕妮和小康进了房间，通过了晓晓的添加好友申请。晓晓发来热情活泼的表情图标，热情得跟她本人对不上号。

“她是不是傻？”小康不屑。“我的学生依赖手机的特别多，但也没她这样的。完全不会面对面说话了。”

“反正也没的聊，这样更简单。”

“对了，她不会就是代孕吧？”

燕妮琢磨着，点进晓晓的朋友圈去看。

“不是。不是代孕。是写公号的。‘晓晓懒人计划’，她公号的名字。”

“写公号的就不能做代孕了？并不耽误啊。”

“你等下，我看看她的文章就知道了。”燕妮快速地浏览完最近的几篇，明白了。“人家是在合伙生孩子。”

“不就是小三吗？”

“武断。那男的是独身主义，但是要有个儿子继承家业，女的离异不想再婚，只想趁年轻生个孩子。俩人一拍即合，你有钱我有貌，就决定合伙生个儿子。”

“她在公号里这么说？”

“她是假装写的闺蜜的故事。肯定是她自己。看看人家，哪里没脑子了？想得多明白。”

“好吧，确实是活得太明白了。”

“剽悍。”燕妮想到了晓晓的说话风格，她不是不会跟人交流，是交流的时候直奔要点，一句废话没有，不纠结，不客套。燕妮羡慕，但是做不到。

“你比她更有理由剽悍。”小康说。

小康说的对，但燕妮还是心里没底儿，想听听专家怎么说。小康跟自己的父母接通了电话，这是他俩的求助热线。

“一定要生吗？让孩子到世上受苦没意义。”小康妈妈说。

燕妮从来没有跟婆婆交换过这方面的想法，现在才发现两人的想法竟如此一致。一个靠读书，一个靠亲历，殊途同归了。有个想得明白、身体健康、不世俗不纠结还不住在一起的婆婆，大概是每个儿媳妇的梦想。

“但是我想要。我不觉得做人有多辛苦。打小教育孩子不要想太多要太多，这一辈子就不会太辛苦。”小康说。

“你们想要就要。现代人很多事情都可以社会化了，家务社会化，吃饭社会化，我们俩养老也社会化了，生孩子能不能社会化？这里面有一个障碍就是伦理问题。我们是发展中国家，现在法律还不允许，这并不意味着将来也不允许。若能花钱买个不受罪，一百万不贵。”小康爸爸说。

“如果女人可以像男人一样创造更多的价值，当然可以像男人一样让别人帮她怀孕。母爱的神圣和伟大是男权社会的谎言，为的是让女人心甘情愿受罪。”小康妈妈说。

39

第二天，燕妮和小康来到医院。燕妮跟马克思说，她要代孕，但前提是必须要有她看着顺眼的代孕妈妈，不然就算了。这也是燕妮自己给自己设的最后一道门槛，九成已经定了，最后的一成她决定交给命运。

马克思说这是你的权利。马克思的助理带着燕妮和小康来到一间独立休息室，代孕候选人的资料都在电脑里，燕妮和小康可以慢慢挑。助理安排好就走了。

燕妮在电脑前坐下，小康坐得远远的。

“一起看啊。”

“你自己看，选个女的就行。”

燕妮没再勉强他，自己看了起来。可供选择的人并没有太多，有黑人，白人，亚洲人，一共二十五名。燕妮看中了一个叫苏菲的美籍华人姑娘，二十六岁，身高 169，体重 110，一头金发，耶鲁大学数学系毕业，简单工作了两年就结婚回家做了全职主妇，老公是美国人，在洛杉矶警察局当警察，俩人生了两个健康的孩子，住在一套漂亮的花园别墅里，家庭幸福稳定，佛教徒。第一次做代孕。

“你看这个漂亮不，属相星座也跟我合。还是咱中国人。”

“你上的是相亲网站吗？咱们不是在相亲，是在找肚子。”

“相亲，不就是在找肚子吗？对你们男人来说。”

“但是找肚子不是相亲。逻辑呢？”

“是。但是更微妙。” 燕妮认为她将要跟这个女人发生的虽然是间接的，但是是深层次的肉体关系。

“你把简单问题复杂化了。”

“我是把枯燥问题诗意化了。”

“你有点儿不像你了。也不是，是突然有点像刚认识那时候的你。”

“怎么了，因为找肚子看脸了是吗？”

“我也说不清楚。”

可以选择与代孕妈妈见面，也可以不见。燕妮要见。她想感受一下苏菲的真人什么样。

“你又不能钻到她肚子去感受。孩子进去的时候是细胞，生出来一天也不跟她过，至于怀孕期间的注意事项有合同管着，她真人什么样重要吗？你还指望她给孩子胎教不成？”

“你一点儿不好奇吗，怕麻烦先生？”

“我确实怕麻烦，尤其怕给人家添麻烦。人家出租的是肚子又不是人。”

说归说，这种事上，小康还是得听燕妮的。

苏菲走进了会议室，松弛的马尾辫，一身碎花连衣裙，平底白球鞋，脸上的褐色雀斑好像装饰品一样，一颗颗的镶在那里，竟然很好看。

律师给双方做了简单的介绍之后，苏菲在沙发里坐下，微笑地看着燕妮。燕妮偷偷打量了下苏菲的肚子，苏菲不是健身型的女人，身上的肌肉自然生长着，腰胯宽阔，小腹微微隆起，摸上去应该很舒服很柔软。

“相亲开始了。”小康调侃地看着身边的燕妮。

“好的，老爸。”燕妮撒娇地回复小康。

苏菲虽然是美籍华人，但是已经是第三代移民了，中文说得非常糟糕。小康就用英语跟苏菲交流。燕妮在一边看着苏菲。苏菲跟小康说话的时候，神情非常专注，目光不飘移，是个值得信赖的好女人。

“苏菲老公在当值，孩子上学去了，一个小学一年级，一个三年级，在同一个公立小学。”

苏菲说着从包里拿出两张照片递给律师。律师看了看，把照片递给小康和燕妮。一张是苏菲老公穿着警察制服，站在警车边的照片，另一张是两个孩子的搞怪照。燕妮对外国人的脸一向辨识困难，她只是认为苏菲的老公长得很帅，两个混血娃娃非常可爱。苏菲本人好看但是又没有太好看，如果下次在外面遇上，她很担心自己认不出她，当然这并不重要。

“可是为什么呢？我是说为什么想做这个？”燕妮问苏菲。

“她还想生孩子，但是老公不想了。怎么说都不答应。”小康翻译道。“她想生很多个孩子，能生多少生多少，直到生不动为止。”

“可是怀孕很麻烦的，生孩子也很疼的。”

“没觉得有多麻烦。疼也就是一会的事儿，不算个事儿。自己的爱好不仅能帮助别人，还能挣钱，这简直太完美了。”

“出去上班。应该会挣到更多的钱。”

“我的老公孩子需要我。干这个可以留在家里，我喜欢待在家里。”苏菲跟燕妮说话，看着燕妮，眼神专注温和。

“可是那么辛苦才上了那么好的大学，现在放弃一切，不可惜吗？”

“辛苦？那么辛苦才上大学什么意思？”小康翻译完苏

菲的疑惑后，自己用英文跟她做了一番解释。

苏菲连着做了几个惊讶的表情，然后冲小康和燕妮竖起大拇指。

小康跟苏菲解释完，又开始跟燕妮解释，美国的大学录取制度跟国内完全不一样，考大学和上大学都不用那么辛苦。小康还想进一步解释差异的原因时，燕妮说知道结果就够了，她没有兴趣听。

考试不难，放下也就没什么大不了。来的路上，燕妮还担心苏菲放弃工作是因为性格怪癖，没法与人打交道，或者有别的什么隐忧，看见本人的第一眼，这个担心就已经不在了，听了苏菲的解释，燕妮觉得自己好阴暗。

燕妮一时想不出有什么可问的。

“别担心，我会帮你生一个健康宝宝的。”苏菲看着燕妮。“你安心工作。”

“辛苦你了。”燕妮听着小康的翻译，看着苏菲说。

“不辛苦，怀孕很幸福的。”苏菲眼角眉梢都是笑。

40

燕妮今天没去开会，但是依然穿得比较正式，很有型，很矜持，但她现在特别想穿苏菲身上的那件碎花旧裙子。燕妮自己也有一条这样的裙子，已经被压在箱子底下不知道多少年，她想着回去一定要把裙子找出来穿上。

“怎么样？”小康问燕妮。

“我觉得很好。”

燕妮之前一直觉得有一团黑压压的不知道什么东西压在胸口，苏菲不经意地就将那团黑东西给击散了，还顺手在她的心口扔了朵花。最后的这一成竟然如此美好，燕妮感觉到了命运对待自己的善意。

燕妮决定代孕。

第一步要跟医院签合同。燕妮和小康被带到了会议室，一位美籍华人律师在等他们。合同是中英文对照的，有几百页那么厚，律师简单交代了一下，就离开了，留下小康和燕妮慢慢研究慢慢看。

看合同是燕妮的长项，她的职业生涯几乎每天都在跟合同打交道。这份合同严谨，密不透风，消除了燕妮一切的疑虑。但是小康对第 184 条有异议，184 条规定，乙方需要支付代孕妈妈每周看心理医生的费用，接受心理医生的辅导，提醒自己肚子里的孩子是别人的。

“我花钱租你家地种棵树，还得花钱提醒你树不是你家的，这不是巧立名目乱收费吗？”小康问律师。

“你花钱租别人家地种树，为的是什么？”

“我家没地，我又想要棵树。”

“还挪走吗？”

“当然，不然为什么要花钱种。我做慈善啊？！”

“人挪活树挪死，这句话你听说过吗？当然，你想把树砍了当柴烧或者几十年后当木料打家具那就另当别论。”

“我就是打个比喻，又没真想种树。比喻懂吗？”

“懂，我也是中国人。”律师说，“我当然知道你不想种树，我只是想说这个比喻并不十分恰当。”

“那你举个恰当的。”小康开始抬杠。

“代孕不是在肚子上绑沙袋，而是把沙袋塞进肚子里。”

“果然恰当。”

“我还没说完。我想说的是，受精卵是要着床才能生长，是要长在代孕者的肚子里面，跟代孕者血肉相连的。”

“树长在土地上也是要扎根的，不扎根没法活。一个道理。”

“不不不，不一样。血肉相连，意念就会相通。树跟土地会这样吗？”

“我们都不是树，怎么知道树怎么想？万物皆有灵，谁能说树对土地没有感情？”

燕妮正喝着水，差点笑喷出来。

“不不不，不一样的。给一杯水听音乐，水的分子都会接受暗示产生变化，更何况是一个受精卵。如果代孕者在代孕过程中对胎儿产生不应该有的感情，认为孩子就是自己的，她的这个意念会潜移默化地传递给孩子。”

“我还以为看心理医生是为了代孕者的心理健康，你的意思，是为孩子？”

“不不不，不是为孩子。我被你带得跑偏了。这个规定是为代孕者的心理健康设定的，是为了保护代孕者，当然。”

“所以，我花钱租你家地种棵树，为什么还得花钱提醒你树不是你家的呢？”

律师突然开始用英文跟小康交流，也许这样脑子才不会乱吧。

苏菲的心理会受到伤害吗？她看来可是心里不太装事的样子，但是，毕竟是第一次替别人怀孕，谁知道呢？合同的这个规定，应该是有道理的。燕妮不想对此提出异议，但是也不想打断小康。男人间的辩论真有意思，聊着聊着就把实事儿聊虚了，自己还觉得聊得特有深度，乐在其中。

41

签了合同，交了钱。马克思给燕妮注射了促卵泡发育的药，还给她开了一些口服的带走，要她一周后来医院监测卵泡发育情况。马克思还要求小康忍耐一下，为保证精子质量，取精前的五天内最好不要同房。小康答应得特别痛快，燕妮直翻白眼。

接下来的几天发生了几件事儿。第一件事儿是晓晓突然就从爱兰家搬走了。燕妮看公号得知，她的闺蜜还没到日子口就出血了，合作终止。闺蜜还想再试一次，被拒绝。男的说他的另一个生育合伙人怀上了，在加州的另一家医院做的。

“还是小三吧。切！再怎么用概念包装都没用。”

“不一定，也许是小四小五，或者并排小二。”

“拜托不要侮辱小二这个专用名词。不过应该想到，那家伙那么精明，不可能在一棵树上吊死。”小康说。

“对，他是那种不占便宜就认为自己吃亏了的人，跟他合作的一定没有长久的。不过，好消息是，看到世上没有那么容易的事儿，我就放心了。我这么想是不是不太厚道？”

“是。但三观很正。”

第二件事儿是，有人将一个婴儿遗弃在了圣马丁医院门口，德州夫妇去医院做检查的时候听说了，决定给孩子一个家，暂时不自己生了。

“你做得到吗？”小康问燕妮。

“做不到。”

“我也做不到。”

第三件事儿是，那对璧人的疯狂想法没有被马克思接受，俩人决定以后不要孩子了，改领养流浪猫了。

“你做得到吗？”小康问。

“可以改领养流浪狗吗？”燕妮问。

卵子很善解人意地在燕妮原计划回国的前一天成熟了。燕妮接受了全麻手术，马克思将从燕妮体内取出的卵子与小康的精子放到试管里，培育受精卵。燕妮和小康的怀孕任务就这么完成了，剩下的就交给科学和苏菲了。

燕妮从全麻手术中恢复过来就赶去酒店。因为总公司已经大举进军顶级女装市场，年会的最后一天下午的主题是女人。燕妮听了几个不同地区嘉宾的官样发言，觉得很无聊，就举手示意要求上台。燕妮一般是不喜欢站在台前高调表现的，她事后回想，都不太确定自己当时是怎么鼓起的勇气。

燕妮从自己的身份证性别开始讲起，把自己作为一个事业女强人的真实焦虑，作为一个大龄已婚未育女人遇到的麻烦和生升两难的现实困扰娓娓道来，没有抱怨，只有自我剖析。身份证就好像燕妮的人生隐喻，如果稍加留心，就会发现隐喻处处在，我是谁，我想要什么，她一直走在寻找答案的路上。讲完之后，燕妮觉得心里特别豁亮。

答谢酒会上，集团大老板 Banks 女士找到燕妮。Banks 是美籍华人，中国话说得很好，她跟燕妮说，要想了解别人，首先得透彻地了解自己。她特别欣赏燕妮敢于正视自己这一点。

“你只有找到你自己，上帝才能找到你。”

Banks 说这是她特别喜欢的一句话。她其实早就注意到燕妮了，其他不住在会议安排酒店的来宾没有一位像燕妮一样自觉退房，只有燕妮这么做了。Banks 和燕妮一见如故，聊了好多。

42

大概是受到 Banks 的鼓舞，飞机起飞前，燕妮在朋友圈里宣布自己在美国找了代孕，期待宝宝降生，然后就关机了。

“宣布出柜的感觉一定跟我现在一样，轻松，还自己佩服自己，觉得自己特别勇敢特别帅。”燕妮跟小康说。

“哈哈，我也佩服你。你说，你们公司的人会怎么看？”

“不管，做自己。”

“你看到网上的讨论了吗？关于代孕的伦理问题。”

“老爸说了，谁的基因孩子就是谁的，代孕的就是贡献个肚子，有啥可伦理的？”

“问题就在这儿。”

“哪儿？贡献肚子？”

“对。有人认为这跟允许妓女卖淫没啥区别。”

“他是不是认为代孕是直接上，不知道试管这回事儿啊？！”

“不是。”

“那怎么就跟妓女扯上了呢？我碰都没碰苏菲好吗，你也没碰。”燕妮说。

“他们是认为人不能随便出卖转让自己的器官，也不能随便花钱购买租用别人的器官，买的卖的都不道德。”

“真能扣大帽子，我看不出有任何人在这个过程中受到伤害，只有获益，资源互换，多好。”燕妮已经走出了自己，变得很强硬。

下了飞机，回到家，燕妮才开了手机。留言点赞的很多很多，燕妮尽可能一一回复。细细看下来，燕妮发现销售部的老员工只有马鹿点了赞。但是裴总不仅点赞还留了言。

“恭喜！祝贺！”裴总留言。

每个人的留言都差不多是这句，但对裴总这样一个从来不屑春风化雨的人来说，给对手这样留言就显得格外有意义。燕妮明白，裴总一定是为自己勇于超越公序良俗的勇气点赞，而在心胸上和格局，燕妮觉得自己毕竟还差了裴总半步。

走的这些天，公司这边发生了些微的变化，燕妮新招的九名新员工在原销售部办公室办公，因为没有办公室可以容纳原来的老员工，老员工便跟着裴总一起搬到了牛总的大办公室办公，而牛总则搬到了裴总的办公室。

“杨总，裴总也想让我一起搬过去，我没去。”马鹿说，“我这几天想明白了点事儿，孩子虽然是我自己做主打掉的，不怪任何人，但是裴总作为领导，那样暗示真的是太无情了。还是杨总您做得对。而且，我觉得你比她更需要我。”

小产也能扒层皮，马鹿经过这次蜕变之后，忽然开挂了一般，眼神儿不再飘忽，小小的身躯也坚定了起来，有了自己的想法和准主意。燕妮为她高兴。

牛夫人又唱着歌儿来到了公司，怀孕四个月已经出怀了，燕妮在公司走廊里碰上了她。

“别担心，是牛总的。”牛夫人凑到燕妮耳边小声说着。

“恭喜啊。”燕妮不疼不痒地说，她不知道牛夫人是怎么做到如此笃定的。

“哦，对了，我跟小熊分手了。你猜怎么着，他竟然背着我还有个女朋友，这可把我气坏了，太不靠谱了！男人啊，没一个好东西。”

牛夫人谆谆教导着燕妮，燕妮简直一个字都接不上她的话。

还有一个月合同就到期了，人事部找燕妮谈话，说牛总和裴总都希望她能留下来，工资可以涨百分之四十。这确实是个折中的办法，燕妮没拒绝也没接受，答应想想再回复。

43

燕妮开门进家，小康正坐在餐桌边，就着小葱摊鸡蛋，自斟自饮喝着小酒。厨房里传来抽油烟机的嗡嗡声，钟点工在炒菜做饭。

“这是咋了，有啥美事儿吗？”

“嘿嘿，你猜对了。马克思的助理来电话了，苏菲的检验结果是阳性，她怀上了。”

“恭喜啊！”燕妮脱口而出。

“恭喜谁？是我们有孩子了。”

“对啊，我为啥恭喜别人呢？”燕妮有点儿恍惚。

“咋了，不高兴吗？”

“高兴，就是有点儿没感觉。”

“应该是没看见实物吧。”

“刚怀孕谁也看不见实物。可能是因为身体没有反应吧。”燕妮下意识地摸了摸自己的肚子，没着没落的。“还好有合同。你还挺沉得住气，现在才说。”

“我怕你太高兴了，开车走神儿。我竟然要做爸爸了。来，酒杯给你准备好了，你也喝点儿，庆祝下。”

燕妮坐下，端起酒杯跟小康碰了下，一饮而尽。这口酒破戒破得踏实。小康将杯子斟满。

“我怎么觉得孩子也应该管我叫爸爸呢？我是女爸爸，你是男爸爸。苏菲是妈妈。”燕妮说。

“两个爸爸显然有点儿挤，不如我就当精子捐献者好了。孩子是你们俩的，怎么样？”

“臭美。如果只是精子捐献者，我俩还未必看得上你呢！下次我决定借个美国帅哥的精子，再跟苏菲生个混血孩子，跟你一点关系都没有。”

“那你信不信我直接跟苏菲生个孩子，跟你也一点关系都没有。”

“好啊，反正我喜欢警察，制服多帅！”

“嘿，竟然打起人家老公的主意了。不过呢，你现在说什么我都答应，妻妾联手给我生了个孩子，我幸福得头晕。”

“我倒是有点儿担心，为以后担心。生活里突然多了个孩子，这可是个孩子啊，我怕我当不了一个好妈妈。”

“那就当一个好爸爸。不是还有我呢吗，我来当妈妈。老公，来，跳支舞。”小康喝美了，站起来拉着燕妮开始跳舞。

“哎呀，阿姨在呢，让人家看了笑话。”燕妮不跳。

“不嘛，人家就要跳嘛！”

钟点工端着炒好的菜走出厨房，看见小康和燕妮搂抱在一起拉拉扯扯，又端着菜扭头回了厨房。

当初跟医院签订的合同约定，燕妮和小康跟代孕妈妈不能见面，否则发生任何可能的意外，医院都不负责任。但是医院答应，如果苏菲同意，可以把苏菲去医院产检的照片以邮件的方式发给他们。苏菲同意。

燕妮终于收到了苏菲第一次孕检的照片。照片上，苏菲躺在床上，上衣掀起一半露出微微隆起的小腹，医生在给苏菲做超声波检查，测胎儿心跳是否正常。燕妮把苏菲的照片给小康看，小康不看，妻啊妾啊的嘴上怎么胡说都可以，但是真要看别的女人露肚皮的照片，他是拒绝的。这是一个有原则的小康。

“不是别的女人，是我老婆。”燕妮开玩笑地说。

燕妮把照片下载下来并保存到手机里，时不时地拿出来看看。老公看怀孕老婆的喜悦大抵也就是这样吧，燕妮幸福地想。后来苏菲又拍了几张自己的生活照，委托医院发给了燕妮，燕妮当礼物一般收下了。不能跟代孕妈妈私下见面，这是整个合约里唯一令人遗憾的部分。燕妮自己试着去

Facebook 和 Twitter 这些美国的社交网站上找过苏菲，可能是因为英文不好，愣是没找到。燕妮想着，抱孩子的时候一定要想办法拿到苏菲的联系方式，等日后孩子长大了，她会带着孩子去看苏菲，当然也欢迎苏菲来中国。这些她都没跟小康说过，对苏菲的惦记成了她内心的小秘密，她觉得有点儿对不起小康。

44

燕妮被一个大学同学拉进了同学群。群是班长建的，群成员以飞快的速度在增加，然后停在了四十上。燕妮班上一共四十人，男生女生各二十。燕妮看了下群成员，看到小希也在。

同学们各种互相问候打招呼，挺热闹，燕妮没吭声。

“亲爱的同学们，好久不见。首先请大家把昵称改成本名，方便认领。”班长发微信。

起了古怪名字的一些同学都很遵命，立即改回了本名。燕妮看了下小希，她没改，还是“飘”，也许忙孩子，没在线。

“少了谁？”有人问。

“闫豆豆。她走了，去年，宫颈癌。”班长说。

群里一片惊呼和蜡烛。燕妮也惊到，当年她曾经用开水威胁豆豆说出是谁陷害小希，那次打架事件之后，燕妮和小希搬出了宿舍再也没回去过，豆豆大三那年退了学，听说是被宿舍其他几个人很严重地孤立导致厌学。退学后再也没有她的消息，没想到这么年轻就走了。燕妮心有戚戚焉。

“今年是咱们毕业的第十周年，我准备搞个十周年聚会，大家有什么建议？”班长问。

“来我这儿吧，我管。”一个叫黄其的男生说。

“对，去黄总那吧，黄总老厉害了，他公司的会所我去过，绝对的高大上！”一个叫孙员的男生跟着说。

黄其发了张自己的名片到群里，又是一轮的各种客套，“好久不见”，“有机会合作”，“我加你微信了”，然后更多的名片被甩了出来。

燕妮早就听说黄其发了。黄其上学的时候总是不在学校，跑去给某国企领导当司机和保镖，成绩从来垫底，学校也不太过问。毕业后，黄其顺利进入了那家国企，做了董事长助理，后来帮董事长顶雷被关进去一年半，出来后，开了家游戏公司，一路绿灯，三年已经做到资产十亿起。黄其的精明和心计不是一般人能比的。大学上了四年，黄其追了小希四年，也被小希拒绝了四年，不可谓不痴情。小希的理由很简单，没感觉。不能说是小希看走了眼，只能说人各有命。

燕妮的室友，那个住在上铺，被燕妮和小希暴打一顿的女生甩出了大儿子的照片。燕妮早就听说她毕业后很快结了婚，孩子出生一年后，自己出轨又很快离了婚，然后用爸妈的钱开了家卖服装的网店，被举报卖假货后关了店，又开了一家卖茶叶的实体店，被举报以次充好后又关了店，目前正在寻找项目，准备开第三家店。又是一轮的各种客套，“太帅了”，“孩子都这么大了”，“你可是混出来了”，然后更多的孩子照片被甩了出来。这一轮主要是女生在发力。

出水才看两腿泥，毕业十年，正是第一个出水时间点，大家都在你看看我我看看你，互相比较着。燕妮简单看下来，当年垫底的黄其现在论资产应该算是第一，燕妮自己大概是女生里事业比较成功的那个，但是跟男生比只能算中上等，而且她也没有孩子可以晒，综合下来，排名也就第六七，进不了前五，跟她上学时的成绩惊人的一致。上学时燕妮就不满足自己的排名，现在依然不满足，就一直保持着沉默。

“少了个人，谁退群了？”班长连着发了三遍询问。

群里安静了片刻。

“是咱们的大美女林小希退了。”有人说。

“谁知道怎么回事儿？她出什么事儿了吗？燕妮在呢，你知道吗？好担心啊。”被燕妮和小希暴打过的女生挑头发问，就好像之前从来没有过任何过节，虚情假意的，让燕妮想跳进群里撕她的嘴。

“燕妮忙吗，小希怎么了？”班长在群里问着。

小希退群在燕妮的意料之中，燕妮假装不在线，她不想跟大家聊小希，也算是对小希的一种保护吧。

“小希的微信怎么加不上？”黄其问。

“不会吧，我拉她进来的。”一个女生回复说。

“我也加不上。”另一个男生说。

“奇怪了！我给小希发微信，可是显示我还不是对方的好友。”拉小希进群的女生说。

“她是把你拉黑了吗？”有人问。

“不是，我刚用我的另一个微信搜索，搜不到小希的微信号。她可能把微信卸载了。”黄其总是比别人办法多。

“哎呦，她这么做也太过分了吧，她是不是在逃避什么啊，混得太惨了，不好意思见人是吗？”被打过的女生说。

“你他妈的懂个屁！”燕妮看不过去，发了飙。

那女生不再吭声了，整个群也都安静了。

同学群就是一个世俗的小社会，只要在群里就摆脱不了社会评价系统这把标尺。小希怕这把尺子，就像她当年怕考试一样，所有的，不符合主流价值评判标准的缺失都会在这把尺子下显现出来。这把尺子太硬，量不出人柔软的内心需求和满足。换作燕妮，她应该跟小希一样会选择退群，不然呢，跟大家剖析自己的心路历程，渴求着大家的理解，然后等着接受大家带着优越感的居高临下的祝福？不，不能如此高尚地给大家这个机会，燕妮和小希一样，对人群是失望的。自己的幸福自己知道就好，不需要无关人士的打扰。小希在学校的时候就跟大家没有交集，现在更没必要费心建立，继续保持与众不同，继续特立独行，这才是小希。

年少的时候，很多人都梦想过为爱浪迹天涯，但是成年后，又有几个人真敢走出这一步？从这个意义上讲，小希的勇气无人能比，也许在很多人眼里她有点儿傻，但是燕妮为拥有一个这样的朋友感到自豪。每次想到小希的生活，燕妮脑子里都会出现一片模糊的土黄色，以前她不明白为什么，总觉得大概是因为小希的生活太过老气，现在她才明白，这个颜色其实意味着温暖和坚实，而自己对小希追求的认可是深埋在心底的，埋得太深以至于要很久之后才能醒悟。在小希的这层底色的衬托下，燕妮觉得，自己和自己身边的现代化多少显得有些矫情和浮夸。没有哪个更好更不好，都是自己的选择。燕妮到底还是喜欢自己的生活的。

据消息灵通的同学不完全统计，班上三十九人，一直单身未婚的十三人，离异后处在单身状态的十六人，目前处在婚姻状态中的十人。婚姻这道题太难，有人不会答，有人答错了，只有十人得了分，至于是及格还是满分，外人没法知道。经过必经之路，才能见到该见之人，路还很长，没人知道自己的终点到底在哪里，大家都还在路上。

45

今天九点钟，燕妮要赶到一百二十公里外的郊区开年会，小康上午有课，俩人都起得很早。吃早饭的时候，小康手机在桌上亮了，是微信。燕妮随意瞥了一眼，血一下子冲上头顶。

微信来自“对门”，只有五个字：晚上等你来。

小康端着煎好的鸡蛋走出厨房，“淋酱油的和放盐的，我煎了两种，吃哪个？”

“都不吃，我马上走。”燕妮把手机狠狠地拍到小康面前，“省得你还得挨到晚上！”

小康赶紧去看手机。

“靠！不是你想的那样。”

“我什么都没想！”

燕妮换了鞋，拿起包，不给小康解释的机会，摔门走了。

“不是这样还能怎么样，明明白白地叫你晚上去她家，还赶在我不在家的日子。这不是串通好的是什么？！”

“我没串通，她是发错了，一定是发错了。”

“拉倒吧，发错了，怎么不发给我啊？”

“她不是没你微信吗？”

“她为什么有你的微信呢？她又寂寞又漂亮还会做蛋糕，你又喜欢吃甜食还整天在家，一个人能偷行李，就能偷人。出事儿是早晚的，不出事儿反倒不正常了！”

“你怎么能确定行李是她偷的？！”

“嚯，还护上了！祝你们幸福！”

燕妮一路开车，一路在脑子里跟小康吵架。职业女性竟然连个完整的吵架时间都没有，真是悲哀。燕妮真想花钱请人帮自己吵，吵到山无棱，天地合，然后与君绝！有这个服务吗，她想买一年份的！

公司在郊区的度假村开年会。度假村距市里有不近的距离，大家都是昨晚就入住了，但是她没住，她宁可起个大早长途奔袭，也愿意住在自己的家里。如果她没住在家里，她就什么都不会知道了，生活还会继续美好地进行下去。可惜没有如果，一根刺儿就这么扎了进来，燕妮还得情绪饱满去工作，就像根本没有受过伤害。但其实，那根刺儿扎得她血槽已空，全凭一口气强撑着。职场女人，又有几个不是好演员。

年会，公司全体员工都在，各个部门的总监首先做财务年的工作汇报。轮到燕妮，燕妮挨个点名表扬了几个新员工，虽然业务生，但每一个人都很拼很上进，随时保持工作状态，所以这一个月业绩没有明显的滑落迹象，相信很快就会走上正轨。Max 汇报了新店的进展，一切都在按计划执行，并着重赞美了裴总的领导能力。

然后是裴总发言。

“新店的进展大家都看到了，当然不是我一个人的功劳，是大家共同努力的结果。当初有些人对这个计划持反对意见，相当的不看好，现在我要跟你说，对不起，你的判断是错的。”

“裴总，我想你说的是我。我现在依然持反对意见。开新店不难，难的是之后怎么实现盈利。现在就说我判断是错的还为时过早，明年这个时候拿财务报表看吧。”

“能不能完成我制定的销售计划那是你和 Max，还有所有销售人员的工作，你们要加油，不然明年这个时候我要问责的。”

“说得对，大家要加油哦！”燕妮说着环视了下销售部的老员工们，大家一个个心下戚戚然。领导都爱玩甩锅的套路，裴总也没能免俗。

下午的时候，狂风大作，下起了冰雹，新闻说路面积水严重，让大家不要开车出行。小康一天没有动静，燕妮也累得不想去想，只想赶紧洗澡睡觉。

燕妮在前台领了自己的房卡，找到自己的房间 919，刷卡进屋，屋里灯开着，插卡送电的卡位上已经有房卡了。燕妮没明白，探头去看，屋里的床上躺着一个男人，光着身子，只穿条小内裤，低头玩着手机，抬起头来，竟然是牛总。燕妮很尴尬，抽身要走，卫生间门打开，裴总裹着浴巾走出来。燕妮一惊。

“对不起。”

裴总还没反应过来，燕妮已经走掉了。

无意中戳破了惊天大秘密，燕妮尴尬得要命。这可真是爆炸新闻，早前怎么一点儿都看不出来呢？主要还是俩人差距有点儿大，裴总又是牛夫人的闺蜜，就没往那方面想。可是再爆炸又能怎么样，除了小康，她能跟谁说，可是小康——哎！燕妮怀里抱着个大秘密，胡思乱想着来到前台，要服务员帮忙查看自己的房间到底是几号。

“不好意思，您的房间号是 920，实在抱歉。”前台服务员连忙给燕妮重新做了房卡。

“你确实应该抱歉，但我不想原谅你，这种错误实在太低级，后果很严重。”燕妮拿了卡走了。

燕妮上了楼，开了门，屋里是黑的，开灯没人，这才放心下来。

燕妮洗了澡，上了床。窗外依旧大雨瓢泼，燕妮的脑子也没闲着，一直在想牛总和裴总在一起的景象。她跟小康猜想过牛总没闲着，没想到他在挑战高难度。而裴总，敬业到如此地步，也让燕妮望尘莫及。燕妮觉得裴总用力有点儿太猛了，她完全可以拒绝牛总的，牛总根本不可能拿她怎样！燕妮一边暗自替裴总觉得不值，一边对裴总的口味不能理解。

燕妮准备睡觉了，手机突然响起，是小康。燕妮挂断不接。很快微信就来了，还是小康：我在你房间门口。苏菲流产了。

燕妮惊起，连忙跳下床跑去开门，小康站在门口。

“怎么回事儿？”

小康走进房间，关上门。

“马克思助理打过来的电话，说苏菲突然肚子疼，还流了些血，赶到医院检查，是流产。不完全流产，医院已经给她做手术了。”

“天！我们能做点儿啥？”

“什么也做不了。合同里约定得很清楚，如果自然流产，我们不需要赔付。如果继续执行合同，代孕者休息三个月后，可以再做移植手术。”

燕妮深深地叹了口气，为那个再也没机会来到世上的孩子，为平白遭了回罪的苏菲，也为自己。

“别太失望，想继续，三个月后接着来。”

“流产很伤身体的，我不忍心。”想着从此断了跟苏菲的联系，燕妮就像失恋一般难过起来，但是她也不想让苏菲再遭一回罪了，“咱们离婚吧。”

“胡说，要离你自己离，我反正不离。”

“老天爷不成全咱们俩。但是我可以成全你们。”

“我不是把完整聊天截图发给你了吗，没看吗？”

燕妮看了，对门女孩是约小康打牌，三缺一，小康已经拒绝过了，但是女孩说没找到人就又找小康。理论上没问题，尤其想起自己对苏菲的惦记，燕妮觉得自己真的没道理对小康发脾气，但心里就是不舒服就是不乐意就是不想讲道理。

“我倒是建议你可以跟她继续发展下，她年轻，还可以给你生孩子。”

“嘿！能不找事吗？孩子有那么重要吗？”

“是你想要孩子的。”

“我想要的是你！”

狂风和暴雨。

46

燕妮和小康从度假村回到家，出了电梯，几个等电梯的人上了电梯，有男有女，有的抱着微波炉加湿器，有的拎着行李箱。燕妮下意识地回头看了一眼，有人按住了电梯的开门键，电梯门开着，几个人站在里面等着，凶巴巴齐刷刷地看向燕妮。

“这几个人谁啊？”燕妮和小康说着话走向自己家。

“听。”小康说。

一个女人的哭声传来，还有一个女人的叫骂声，声音越来越近。燕妮家对门的房门大敞着，哭声和叫骂声就是从那里面传出来的。

“再勾引我老公，小心我打你到破相！”一个四十多岁的女人骂骂咧咧地从对门房间里走出来，脖子上的首饰明晃晃的，手里拎着两套西服几件衬衫还有连衣裙，嗓音沙哑，应该没少抽烟。女人走到门口觉得还没骂够，又想返回去，被身后跟着的一个年龄更大也更粗壮的女人劝住。

“她不敢了，走吧。”年龄更大的女人手里也拿了些东西。

“臭婊子！一屋子的臊味！”四十多岁的糟糠之妻骂着走了，顺便狠狠地瞥了一眼燕妮，眼白很大，黑眼仁儿很小。

燕妮注意到了她手里的衣服，但没说什么，跟着小康进了屋，关上门。

“永垂不朽吧！”燕妮咬牙切齿地。

“什么？”

“那女的拎的衣服是我的。我就说嘛，刚才那几个人拎的行李箱看着也眼熟。”

“靠！破案了！我去要。”

“等等！你怎么说？说你送小三的，还是小三偷我的？”

“当然是她偷的！”

“她会给你做证？”

“她——”小康卡壳了。

“你愿意就去，没准儿还能惹上一身骚，多好。”

“嘿，你怎么说话呢！”

“我气！我这招谁惹谁了，平白地损了这么一大笔财！加起来五万块呢！”

“二手不值那么多了。”

“你这是在向着谁说话？！”

“当然是你了。我这不是，这不是在安慰你吗？反正也要不回来了，想少点心里舒服点儿。”

“舒服不了！就算是我送给正房的精神损失费吧！但愿能让我破财免灾！”

“这什么跟什么啊？什么灾？”

“明知故问！”

“我是真不知道。”小康实在跟不上燕妮的弯弯绕的脑回路。

“这不明摆着吗？！被正房教训了一通，那个小三只要还要一点点脸，以后都不会再在这儿住了。当然，她完全不要脸我也没办法。她要是搬走了，也就解除了我的后顾之忧，不会有什么一缺一了。”燕妮阴阳怪气地。

“一缺一什么意思？”

“三缺一的升级版！”

“哦哦！”

“今天跟你说话怎么这么费劲！我看你是装傻！”

“我错了我错了。”小康想都不想连忙道歉，可是想了想又觉得哪里不对，“可是，我不知道怎么改。”

燕妮本来气鼓鼓的，愣是被小康的傻直给逗得没了脾气。

经过这一大阵子的折腾，俩人都有点儿伤着了，都不太想再提怀孕的事儿，搁置下再说。

燕妮去山里给妈妈送换季新衣服，自作主张领养回一只已经绝育的小串串狗。小康见了小狗，惊喜得眼睛都瞪圆了，抱在怀里亲啊亲的。

“起个名吧。据说给狗狗起个名能养得住。”

“叫康不为吧。”

“哈哈，非要把你的哲学思想传承下去是吗？”

“不然呢，叫康第一，康挣钱，康销售？我舍不得，宝贝会太累了，是不是啊不为？”小康嗲声嗲气地跟小狗狗说着话。

小康全面负责起不为的饮食起居，拉屎撒尿，洗澡遛弯，手机的拍照功能也开始大规模启用。不为成了小康的精神寄托。

公司出了重大新闻，听说裴总把牛总告到了美国总部，说他潜规则自己，还有各种证据。消息源头找不到，大家都在私下议论纷纷，想着该如何站队。燕妮一点不感到意外，她不知道裴总是怎么把一场你情我愿的戏码改成传说中的版本的，但是她相信，只要裴总愿意，这太小意思了。燕妮一直想找到裴总之所以成为裴总的前世今生，但是一点线索也没有。

牛总没来公司，裴总把燕妮叫到了自己办公室。

“你看见的并不是真相。”

“对不起，我不知道你在说什么，我什么都没看见。”燕妮回答。

“我知道你一直惦记着我这个位子，所以一直没续签合约，但用这种方式可不太好。”

燕妮一愣。

“牛总正在接受调查，暂时不能主持工作，但是有件事我能做主。不管你愿不愿意，公司都不会再跟你续签合约了。很遗憾你以这样的方式离场。如果你的下家来我这里打听你，我尽量做到客观公正。”

“明白了。谢谢你。明天到我办公室来一趟。”燕妮说。

“什么意思？”

燕妮没有续约，是因为她刚回国就接到了Banks的offer。美国总部确定了进军中国女装市场的时间表，并正着手成立一家新公司，由总部派人任总裁，下设女装公司和男装公司，燕妮和牛总分别负责。昨天牛总被举报后，燕妮接到总部的任命，女装和男装公司暂时由她统一负责。但是燕妮沉得住气，除了马鹿，她没跟任何人说，她只想带走马鹿。

现在燕妮还是什么也没说就走了，反正裴总很快就会知道的，她自己知道会更有效果。

身份证终于更正过来了，性别女。燕妮取回身份证，走进自己的新办公室，坐在办公桌后面长长地出了口气，拿起桌上电话刚接通小康的手机，突然一阵恶心。

出 品 人：许　永
责任编辑：许宗华
责任校对：雷存卿
装帧设计：海　云
内文排版：单春丽
印制总监：蒋　波
发行总监：田峰峥

投稿信箱：cmsdbj@163.com
发　　行：北京创美汇品图书有限公司
发行热线：010-53017389　010-59799930

创美工厂
微信公众平台

创美工厂
官方微博